継母の純情

館　淳一

幻冬舎アウトロー文庫

継母の純情

もくじ

第一章　従姉・悦子

1

黒島亜紀彦《くろしまあきひこ》は、少年の日——まだ小学生だったころ、妖《あや》しく悩ましい夢を見た。

そこは洞窟の中だった。

洞窟はほどよく温かい液体——白く濁って青みがかったような湯——で満たされていた。底は深くはない。真っ裸で立っている亜紀彦の胸から上は、ふわふわと優しい湯気に包まれ、それから下は湯にひたっている。

周囲は暗かったが、前方から暖かみのある光りがぼうっとさし込んでくるので、ザブザブと湯をかきわけるようにして亜紀彦は光りの方向へと進んでいった。

洞窟の内側は鍾乳洞のように、後になって見知ったガウディの建築物の壁面のように、おどろおどろしいような、それでいてどこか懐かしさを感じさせるうねうねとくねる複雑な曲面を形作っていた。表面に水滴が付着し、ひっきりなしにポタポタと水面に滴《したた》り落ちてくる。

蒸気は濃密に薄闇を支配し、息をするのも苦しいほどだ。

行けども行けども、出口に辿《たど》りつけない。亜紀彦は言いしれぬ孤独感、寂寥《せきりょう》感に襲われた。

ただもうとたちこめる湯気の向こうからさしこむ蜂蜜色の光りだけが頼りだった。

やがて洞窟が全体に広くなった。さっきまで頭の上すれすれだった天井が、湯気で見えないほど高くなってしまった。大広間のようなところに出たのだろう。

不思議な光りが、まるで舞台のスポットライトのようにひとりの女性を照らしだしていた。彼女は亜紀彦の数メートル先に、背をむけて肩まで湯につかっていた。

黒い艶《つや》やかな髪が桜色に上気したようななめらかな肌に流れている。その女性がそこにいて彼を待っていたことを、亜紀彦はとうに知っていたのだ。

背後に少年が立ちすくんでいるのを知らぬように彼女はすっくと立ち上がった。濡れた裸体が臀部まであらわになった。満月のように豊かな球面が二つに割れ、その谷間を、脂ののった張りきった肌から弾《はじ》かれた水滴がしたたり落ちる。

亜紀彦はこれほど生命感、存在感を漲《みなぎ》らせた肉体のまるみを見たことがなく、思わずハッと息を呑んだ。

突然、彼の胸中に疼《うず》くような懐かしさがわきおこった。亜紀彦は彼女が誰か、直観的に認知した。衝動に駆られ、彼はとびつくようにして豊満な、信頼感に満ちた女体に背後からすがりつこうとした。

「おかあさん……！」

彼の口からその言葉が飛び出したとき、女は振り向いた。これまで見たことがないほど美しい顔だちをした、仏像のようにふっくらした頬の女性だった。黒い瞳が誘うように彼を見つめ、白い歯が赤い唇からこぼれるような笑いは慈愛に満ちて、それでいて妖しく胸を躍らせるような官能美を湛《たた》えている。その笑顔から、彼女も亜紀彦の到来を知っていたのだと、少年は確信した。

裸の亜紀彦は、やはり全裸の、豊満な女体にぴったり抱きついた。濡れて、熱を帯びて柔らかくて、底知れぬ弾力に富んだ肉が彼を受けとめた。

女は無言で彼を抱きしめ、頭を抱えて自分の胸へと少年を誘う。見事な円形を形づくっている乳房と谷間に亜紀彦は顔を埋める。濡れた肌からえも言われぬ芳香がたちのぼり、彼の鼻腔を刺激した。クラクラと気の遠くなるような蠱惑《こわく》的な香りだ。

ほとんど同時に彼の下半身も、どっしりと重量感のある太腿に支えられた下腹——そこには陰毛が濃密に繁茂していたかどうか、彼には記憶がない——に打ちつけられた。

強烈な至福の感情と同時に、肉体を裂くような苦痛が襲った。彼は再び叫んだ。

「おかあさぁん……！」

亜紀彦の肉が内側から裂けるような、苦痛を超越した衝撃的な感覚が、少年の口から悲鳴を迸《ほとばし》らせた。世界は一瞬にして意味を失ない、光りも、すがりついた肉体の感触も不意に消え、彼は虚空に浮かんだ。それから暗黒の中をすごい勢いで墜落してゆく――。

「わあっ！」

自分のあげた悲鳴で、亜紀彦は目を覚ました。

そこは見慣れた親密な世界だった。ベッドの枕元に置かれたスタンドの小さなランプの光り。コチコチいう目覚まし時計の音。壁に貼られた帆船や飛行機の写真。

（夢だったのか……!?）

柔らかな羽布団の下で、亜紀彦はしばらく自分の心臓が激しく動悸《どうき》を打つのに聞きいっていた。寝汗をびっしょりかいていた。

そのような夢は初めてだった。それにしても、まだ余韻が彼の下半身を痺《しび》れさせている、あの、体が張り裂けるような甘美な苦痛を伴った感覚はなんだったのだろう？

そのときになって、亜紀彦は股間がねっとりと濡れているのに気がついた。

（いけない……！）

あわてて飛びおきた。てっきり眠っている間に尿を洩《も》らしてしまったのかと思った。

（違う……）

パンツをひきおろすと、包皮に包まれて消防ホースの筒先のようになったペニスの先端から、白い——というより、黄色がかったネバネバした液体が、まだ無毛の下腹一帯を汚していた。これまで嗅《か》いだことのない奇妙な青臭い匂いを放つ粘つく液体だ。

(なに、これ？　膿《うみ》みたいだ……)

ドロリと生ぬくい液体の外見からそう思い、亜紀彦は激しい不安に襲われた。自分の肉体の奥で何か変化がおき、その粘液が洩れだしてきたのはまちがいない。淫夢に刺激されて射精を初めて経験したおくての少年は、それを正常な生理現象ととるよりも、まず何か不吉な病の兆しと受けとって恐怖の念に駆られた。

(待てよ……、これが、皆の話していた白いおしっこというやつかな……？)

小学校六年というと、早熟な子はすでに陰毛も濃くなり、精通も経験しだす。自慰《じい》に耽《ふけ》る子も少なくない。そういった級友たちが「オチンチンの先から白い液が出る」とか「朝起きたらパンツが白いおしっこで汚れていた」などと話していたのを思いだした。

(これがそうなの……？　じゃ、悪い病気じゃないのかなあ……？　それにしてもネバネバして気持ちが悪いや……)

小学校六年生、まだ十二歳の少年は起きあがり、濡れた下着を脱ぎ、股間を拭《ぬぐ》い清め、別のパンツにはきかえた。

(だけど、ヘンな夢だったな……)

再び横になり、眠ろうとして目を閉じると、夢の中で自分が抱きついた女性の顔が瞼《まぶた》の裏に浮かびあがる。

（あの女の人は誰だったのだろう……？　どこかで会ったことがあるような気もするけれど……）

夢は常に謎に満ちているが、いま見た夢は亜紀彦を当惑させずにはおかなかった。どうしてあの女も自分も裸だったのか。なぜ自分は抱きついた途端、夢の中で白い液を洩らしたのだろうか。あの苦痛と快感のいりまじった感覚は、これからも彼を襲うのだろうか？

何よりも不思議なのは、その女性に向かって「おかあさん」と呼びかけたことだ。

——亜紀彦の母、佐知子は、彼がもの心つく前に亡くなっている。クモ膜下《まくか》出血で突然に倒れ、そのまま息をひきとったのだという。

仏間に飾ってある遺影やアルバムの写真でしか、亜紀彦は実母の姿を知らない。写真でみるかぎりの母は、細おもてで目はやや吊りあがり気味だ。笑っているが、その視線は厳しく人を咎《とが》めるようだ。

何かのおりに親戚たちが「佐知子さんもえらい気性の激しい人だったからなあ」と語っているのを聞いた。結婚してもプレイボーイと言われ、艶聞《えんぶん》が絶えなかった慎之介《しんのすけ》は、嫉妬《しっと》深くヒステリックな妻の性格に、かなり悩まされたらしい。

どうみても今は亡き実母は、夢の中の裸女がもっていた菩薩《ぼさつ》のような馥郁《ふくいく》たる肉体、慈愛に満ちたまなざしとは無縁である。

（なぜかなあ……？　なぜ、初めて見たあの女に「おかあさん」なんて呼びかけたんだろうか……？）

夢の中での自分の行動もまた謎である。さまざまな思いが頭の中でグルグル渦巻くようで、亜紀彦はなかなか寝つかれなかった。

カタン。

寝静まった家の中のどこかで音がした。亜紀彦は耳をすませた。階下からだ。やがて水音がした。浴室だ。誰かがこの夜更《よふ》け、入浴しているのだ。

（悦子《えつこ》ねえさんがお風呂に入っている……）

悦子というのは亜紀彦の父親の兄、黒島隆之介《りゆうのすけ》の二十《はたち》になる娘だ。亜紀彦とはいとこ同士になる。

実家は長崎で、地元の短大を卒業後、一時就職したのだが、どういう理由か半年前に上京し、この家に寝泊まりするようになった。昼は英会話の専門学校に通うかたわら、家事を手伝っている。なぜ彼女がこの家に寄宿するようになったのか、亜紀彦はそこらへんの事情はよく知らない。

父親は再婚しなかったが、もの心ついてからというもの、彼のまわりにはいつも誰か女性がいて母がわりになって面倒をみてくれていた。今は悦子がその役を与えられているのだと単純に思っていた。

亜紀彦の父、黒島慎之介は二枚目の映画俳優としてデビューし、一時は剣豪スターとして一世を風靡《ふうび》した役者である。現在は渋い中年の魅力が人気で、テレビの警察ドラマの主役や、時には時代劇の舞台などを中心に活躍している。自動車、航空会社などのCMにも多数出演して、高額所得者のなかに名を連ねている。

住まいは東京でも一、二を争う高級住宅地のS――町の一角にある。慎之介は亜紀彦が生まれる前、剣豪スターだった時代に地所を買い、宏壮な豪邸を建てた。

近代的な設計の二階建て洋風住宅で、階下が応接間、居間、食堂、キッチン、夫婦の寝室だった洋室と和室、それに使用人のための部屋などだ。

二階は子供のための個室で、一つが亜紀彦の部屋、もう一つが、今はカリフォルニアの高校に留学している兄の由紀彦《ゆきひこ》の部屋だ。その他にもう二室、来客用の予備の部屋がある。

そのひとつを悦子にあてがえばいい――と亜紀彦は思うのだが、なぜか彼女は母屋の北側、あまり住みやすいとはいえない、納戸がわりに使われていた四畳半の和室に寝ている。

主の慎之介は妻の亡くなった後に、「役者が役作りに専念するためには、家庭の雰囲気は邪魔だ」といいだし、別棟を増築してもっぱらそっちで寝泊まりするようになった。それ以来「離れ」と呼ぶ別棟が、慎之介の生活の中心になっている。

離れは母屋とは一間半ほどの渡り廊下で繋《つな》がっているが、悦子のあてがわれた部屋はその渡り廊下に近い。そのことが何を意味するか、彼女が夜も早いうちに一度入浴するのに、夜更けにまたひっそりと入浴することが多いのはなぜか、まだ小学生の亜紀彦には、それらのことは、疑問でさえなかった。

ただ、悩ましい夢——それも、湯に入っている裸女の——を見た後だけに、今夜に限って、入浴している従姉《いとこ》の肉体に思いが飛んだ。

(夢の中の女の人よりずっと若いけど、悦子ねえさんも、あの女の人みたいに、大きなおっぱいとお尻をしていたなぁ……)

——黒島悦子は二十歳。娘ざかりの年齢だ。美人ではないが、ぼってりした唇が肉感的で、男好きのする容貌である。

高校時代はバスケットボールの選手をしていたというだけあって、背が高く体格がよい。並んで立つと、亜紀彦はようやく従姉の肩のあたりだ。

胸もヒップもよく発達していて、セーターなど着て動くと乳房がゆさゆさと揺れる。愛用しているタイトのミニスカートは、身を屈《かが》めたりすると臀部の肉を包みきれず、縫い目がはちきれるのではないか、と思う。

それなのに、腿から下はたいそうスラリとして日本人ばなれした脚線美を持っているのだ。悦子がミニスカートを愛用するのは、自慢の脚を誇示したいからかもしれない。

亜紀彦は母を早くに失ない、もの心ついてからは、きょうだいは兄ひとりという家庭に育った。彼の面倒をみ、世話をしてくれた家政婦やお手伝いたちは皆、中年から初老の女性たちばかりだったから、それだけに娘ざかりの魅力と芳香をむんむんと発散させる悦子の存在は、眩《まぶ》しいものだった。

亜紀彦が下腹に不思議な疼痛《とうつう》を覚えるようになったのは、考えてみると悦子がこの家にやってきてからのことだ。

何かの拍子に、例えば階段を昇り降りする時など、下からミニスカートの奥がのぞけてむっちりした健康な太腿《ふともも》と、ヒップを包む白い、時にはピンク色の、パンティがチラと見えたときなど、ドキッとしてしまう。開放的な性格の悦子は、年下の少年の目をあまり気にしている様子がない。

ミニスカートは亜紀彦と同年代の少女たちも穿《は》いているし、小学校の校庭で遊んでいる時などパンティがのぞけてしまうのは珍しくない。そういうのは何でもないのに、年上の従姉の太腿や下着が目に飛びこんでくると、ズンという衝撃を下腹に覚えるのだ。

触ってみるとペニスが膨張して硬くなっており、その先端につれるような痛みが走る。

子供たちは、そういう体験を仲間同士で話しあっているうち、勃起や射精、自慰などについての知識を獲得してゆくものだが、生まれつき内気で人見知りする性格の亜紀彦はそういった友人も少ないので苦痛の理由を他人に相談することができなかった。いずれにせよ、他のことに気を紛《まぎ》れさせているうち、その痛みは消えてしまうのだから……。

しかし、ペニスが硬くなる機会はますます増えてきた。そのことは亜紀彦を当惑させずにはおかなかった。そして、今、眠っているうちに先端からねばっこい、不思議な匂いのする液体が洩れてきた。自分の肉体の奥で何かが変化しつつあるという認識が、感受性の強い少年を脅《おびや》かした。

本来なら、兄の由紀彦に相談することなのだろうが、五歳年上の兄は、いまアメリカに留学している。

父親の慎之介は映画のロケだの舞台公演だのと仕事に忙しく家にいる日は少ない。いたとしても離れにひきこもり、母屋に顔をだすことが少ない。

そのうえ、父親ゆずりの苦《にが》み走ったマスクと頑健な肉体、抜群の運動神経に恵まれた長男の由紀彦を愛し、女の子のように優しい顔だち、引っ込み思案の性格、何かと病気がちで脆《ぜい》弱《じゃく》な肉体をもつ次男の亜紀彦を疎《うと》んじているようなところがある。

だから、父親はアメリカン・フットボールの選手として活躍するのを夢みる長男が昨年からカリフォルニアの高校へ留学してしまうと、ほとんど亜紀彦と顔を会わせることがなくなってしまった。

亜紀彦の方は、だからといってそんな父を恨む気持ちもないが、父親に対して何か相談しよう——などと思うわけもない。

コト。

階下で、浴室の扉が閉まる音がした。

（そうだ……。悦子ねえさんに相談してみようか……）

ひとりで悩んでいた少年は、深夜の湯あみを終え、従姉が自分の部屋へと戻ってゆく気配に耳をすませ、ふと思いついた。

彼女は、亜紀彦の勉強を見てくれるし、風邪をひいたときは夜どおしつきっきりで、薬を服《の》ませたり寝間着を替えさせたりしてくれる。自分を心にかけてくれるという意味では彼女こそ一番身近な存在なのだ。何よりも、あけっぴろげな性格で、陽気で、ずっと年下の亜紀彦でもあまり子供あつかいしないでくれるところが、彼は好きだった。

（よし……）

亜紀彦はパジャマ姿のまま、階下の従姉の部屋へ行き、扉ごしにそうっと声をかけた。

少し驚いたような声で返事があった。小学生の従弟がこんな夜中にやって来たので訝《いぶか》しむ様子だった。

「なあに？」

「悦子ねえさん……」

「あの、ちょっと相談があるんだけど……」

「へえ……。じゃ、入って」

亜紀彦は中央に布団が敷いてある和室に入った。家具らしい家具は、鏡台と座り机と、粗末な洋服タンスが一つあるきりの、若い娘にしては殺風景な部屋だが、化粧品の匂いと健康な女性の体臭の入り混じった匂いがこもっていた。

悦子は水色のネグリジェ——裾の極端に短いベビードールを着て、化粧台の前に横座りになっていた。寝る前の肌の手入れをしていたのだろう。胸のところがはだけて豊かな乳房のふくらみが半分ほどのぞけた。ズンという衝撃がまた、鈍い痛みと共に下腹を走った。

「どうしたの？　こんなに遅く……？　まだ眠らなかったの？」

愛嬌《あいきょう》を感じさせるまるい目を向けて訊いた。時計はもう一時をまわっている。

「うん……。目が覚めちゃったんだ」

「そうなの」

「それで、ちょっと心配になって……。悦子ねえさんに相談しようと思って」

従姉は亜紀彦の顔を見た。心配そうな顔になる。このほっそりした体つきの、たくましいとはいえない少年の健康については、いまのところ自分が責任をもたされている。

「どっか具合が悪いの？　おなかが痛いとか……」

「違うよ。あの……、実はね……」

口ごもり、赤くなって、亜紀彦は先刻、自分の身に起きた異変を告白した。さらに、時々、自分の下半身に痛みが走ることも。

途中で悦子の顔から懸念《けねん》する表情が消え、面白がるような笑顔が浮かんだ。

「へえ……、じゃ亜紀彦クンもいよいよ一人前になったんだ」

「それ、どういうわけ？」

「キミもおくてな子ねぇ。悦子ねえさんは、亜紀彦クンぐらいの年にはもう、男の子のこともちゃんと知ってたけどなあ」

そう言うと、二十歳の健康な娘は、精通や夢精現象について説明しだした。

「……というわけで、精液が出るようになれば、女の人とセックスして、赤ちゃんを生ませる能力がついたというわけ。一人前の男性になったという証拠よ。ぜんぜん心配することないわ。かえって喜んでいいことなのよ」

「でも……」

「でも、何よ？」

「痛いんだ、あそこが」

「あそこ、って……？　オチンチンが？」

「うん」

悦子は自分の前で膝《ひざ》を抱くようにして座っているパジャマ姿の少年の、股間の部分を思わず覗《のぞ》くような姿勢になる。

「どんな具合に痛いの？」

「あの……、オチンチンが大きくなるときがあるでしょう？」

「うん。それ、勃起っていうの」

「その時に先っちょのほうが……、ツツーンってつれるみたいに」

「ははあ……」

悦子は分かったというふうに頷《うなず》いた。

「亜紀彦クン。まだ、先がむけていないんでしょう？」

「むける、って？」

正常な勃起状態では包皮が翻展《ほんてん》して亀頭が露出することを知らない小学生は、キョトンとした顔になった。

「うーん……、こればかりは、実物で教えないとダメね」

悦子はますます面白がる顔になり、瞳が悪戯《いたずら》を始める前の少女のようにキラキラ輝いた。

「亜紀彦クン。そこに横になりなさい。悦子ねえさんがどんな具合か見てあげる。たぶん、ちょっとしたことだから、治してあげれると思うよ……」

「えーっ、ぼくのオチンチンを見るの⁉」

告白しただけで恥ずかしいのに、さらに自分の性器を見せろと要求されて、少年は真っ赤になり、たじろいだ。

「だって、ずっと痛くて困ってるんでしょう？　今だって少し痛いんじゃない？」

先刻からなにげない様子で観察していた年上の娘はズバリ言い当てた。亜紀彦はびっくりして、耳朶《みみたぶ》まで赤くなった。

「えっ⁉　う、うん……」

鏡台の前に半分あぐらをかくようにして座っている悦子の、ベビードールの裾がめくれあがっているので、亜紀彦の座っている角度からだと、太腿のずっと上まで見えている。

(覗いちゃいけない……)

そう思いながらも、つい視線が、たくましいほど肉づきのよい太腿のずっと上のほうへと這ってゆく。すると白くて清潔な木綿素材のパンティが、股にくっきりと食い込んでいる部分が見えてしまう。

布地は薄いので、ふっくら盛り上がった丘の部分が陰毛を透《す》かせて僅《わず》かに黒く見える。底の部分は秘裂の形状を示すように一筋の谷を刻んでいる。そこから成熟した女の悩ましい匂いが立ちのぼってくるようだ。

乳首も仄《ほの》かに透けて見えるようなサックス・ブルーの寝衣《ねまき》姿と、健康で蠱惑的な腿と下着の眺めに刺激され、亜紀彦の若い欲望器官はさっきから充血してズキズキ疼きだし、それと共にペニス先端のつれるような痛みが彼を悩ましている。

「だから、おねえさんが見てあげる、って言ってるでしょ。さあ……」

従弟の細っこい体を自分の寝床に仰臥《ぎょうが》させると、悦子はいそいそと少年の下半身からパジャマのズボンとブリーフを引きおろしてしまう。女の子のように白い、すんなりした下肢と、まだ性毛の生えていない恥部があらわになる。

「あっ！」

「だめ、ジッとしてるの。悦子ねえさんをお医者さんだと思いなさい」

その言葉で、幼い頃に近所の子供たちと行なったお医者さんごっこを思い出した亜紀彦だ。その時も、年上の娘に強引にパンツを脱がされ、ペニスをいじくりまわされたものだ。

「ふうん、まだうぶ毛なんだ……」

無毛の丘に立つ亜紀彦のペニスは、従姉のしなやかな指でつまみあげられた。息がかかるほど顔を近よせられ、恥ずかしさがドッとこみあげ、多感な少年は思わず肘で顔を隠してしまった。

「やっぱり勃起してるじゃないの。毛も生えてない癖になまいきね……」

はしゃいだ声を弾《はず》ませ、片手で熱を帯びて直立気味のペニスをつかみ、もう一方の手で先端の包皮をむこうと力を入れると、

「あ……！」

少年のふっくらした唇から、苦痛を訴える短い悲鳴が洩れ、ビクンと腰がうちふるえた。

「ごめん。痛くした？　へえ……、ぜんぜんむけてないのね……」

生白い包皮を後退させようと二、三度試してみる。そのたびごとにツーンと痛みが走り、亜紀彦は泣き声をあげた。

「痛いよ、おねえさん！」

「だめだわ。ヘンね……」

従姉の声が当惑している。亜紀彦は心配になった。ひょっとして、自分のペニスは異常なのではあるまいか。

悦子はしげしげと眺め、指でいろいろさわった結果、やはり、包皮が翻展しないのが苦痛の原因だと判断した。

「皮の内側がカメちゃんの頭にくっついちゃってるんだ。ふうん……」

たいていの子供は、時期がくると包皮は後退してゆき、自然に亀頭が露出してくる。仮性包茎でも指でむいてやるとさほど苦労なく翻展するものだ。

だが、真性包茎に近い場合は、包皮の内側が亀頭粘膜に癒着《ゆちゃく》していることが多い。そうすると包皮の翻展が難しいばかりか、勃起することによって亀頭表面がひきつられるように痛む。亜紀彦の場合は、まさしくそのケースだったのだ。

「そうか。なにか、ヌルヌルしたもので、滑りをよくしてやればいいんじゃないかな……。よーし」

しばし考えていた悦子は、鏡台から化粧乳液の壜《びん》を取りあげた。

「どうするの？」

こわごわ訊《き》く亜紀彦。

「男の人って、ふつうは昂奮すると、オチンチンの先っちょからヌルヌルした液が出てくるんだよね」

「精液じゃなくて？」

「違うの。もっと透明でね、スベスベしたような液。そうすると、勃起するときにこの皮も簡単にむけてしまうんだけど、亜紀彦クンはまだそれが少ないのね。だから替わりに、この乳液を使ってみようというわけ……」

掌《てのひら》にとったトロリとした液体を、ほんのわずか開口している包皮の先端に垂らして、もみこむようにする。

「あ、あっ……」

摩擦刺激を亀頭包皮に加えられ、陰茎はさらに充血する。痛みが走る。

「ちょっと我慢のコよ。これで直らないと、亜紀彦クン、お医者さんに手術してもらわなきゃいけないんだから……」

そうおどかして大人しくさせ、さらに乳液を垂らしてマッサージする悦子だ。

「あー……」

十二歳の少年の口から吐息《といき》めいた呻《うめ》きが洩れたとき、包皮が徐々に後退し、ピンク色の亀頭先端部が顔を覗かせた。

「ほーら、だんだん広がってきた……」

目を輝かせた娘は、さらに乳液を塗りたくり、巧《たく》みに指でもみしだくようにしながら、亀頭を覆う包皮を後退させてゆく。

ヌルリ。

「あっ、う！」

ピーンと緊《きつ》く引っ張られる感覚があり、一瞬、切れたかと思うような痛みが走った。少年は悲鳴をあげた。そのとたん、包皮は完全に翻展し、白っぽい乳液にまみれたピンク色した亀頭が完全に露出した。

「やったね！　大成功！　もう大丈夫よ、亜紀彦クン」

嬉しそうな声をあげた悦子は、ティッシュペーパーでチーズめいた匂いのする恥垢《ちこう》を拭いとって、清潔にしてやる。

「うわー、こんなふうになってるの⁉」

先端が完全にむけた自分の器官を見て、亜紀彦は驚きの声をあげた。

「そうよ。これが一人前の男の子のオチンチン。これからはね、自分でいじっていつもこういうふうにしておくのよ。じゃないと、いつまでも痛い思いをして、満足にオナニーもセックスもできないわ」

初めて外気にさらされた亀頭は、悦子がさも愛《いと》おしげに撫《な》でさするのでさらに膨張し、赤みを帯びる。海綿体もドクドクと熱い血が送りこまれ、幹の部分も硬くなる。血管がくっきりと浮き彫りになる。

「う……」

少年は言いしれぬ快感を覚えた。初めて味わう快美だ。腰がうちゆれる。

「気持ち、いい？」

悦子は従弟のペニスに手を添えたままだ。尋ねる声がかすれたように聞こえる。

「うん……」

こっくりと、恥ずかしそうに答える亜紀彦。

「じゃ、ちゃんと精液が出るか、それも試してみようか……」

色っぽいベビードール姿の娘は、寝床に横たわる亜紀彦の横に滑りこんできた。湯あがりの肌から石鹸の香料とは別の、馥郁として悩ましい匂いがプンと香る。成熟した牝のかぐわしい体臭だ。悦子はまだ小学生の従弟の牡器官を見、触れることによっていくぶんなりとも昂奮していたに違いない。

「さっき洩れちゃったのに、ぼくの精液、まだ出るの？」

「大丈夫。だって、こんなに元気よく立ってきてるじゃない……。いい？」

悦子は亜紀彦の右側に横臥し、二人は向き合う形になった。主導権を握っている娘の右手は、従弟のむきだしの股間に伸び、充血状態にあるういういしいペニスを摑《つか》む。左手が亜紀彦の頭の下にさしのべられた。腕枕をさせられる形で、少年の顔は従姉の顔と向き合った。

悦子の熱い息が頬にかかる。

「カワユイ……。亜紀彦クン、かわいいね。睫毛《まつげ》なんか私より長くて、唇なんかフックラして……。このまま女の子になったら、すごい美人になるのに」

ハスキーな声で熱く囁《ささや》きながら、悦子はいきなり自分のぼってりした唇を少年のに押しつけてきた。

「む……！」

初めて接吻を受けた少年はびくっと体を顫《ふる》わせたが、柔らかく温かく、唾液で濡れている口腔粘膜の感触に陶然《とうぜん》となった。悦子の舌が生きもののようにチロリと滑りこんできてすっと年下の従弟の舌をとらえ、からみつく。

「……」

意外にサラサラした唾液が流れこんできた。亜紀彦は夢中で呑んだ。蜂蜜を湯に溶かしたような美味な液体。唾液がこんなに甘いものと知って亜紀彦は驚いた。

悦子の右手は、ムクムクと膨張してくる少年の欲望器官を握り、さすり、揉《も》むようにして刺激を与える。そのたびに言いようのない快美な感覚が全身を走る。背筋がゾクゾクするような逆毛だつような、くすぐったさの入りまじった甘美な感覚。

（なんて気持ちいいんだ……）

成熟した従姉にリードされて、舌をからめ唾液を啜《すす》られながら、亜紀彦は理性が痺《しび》れて宙に体が浮くような陶然とした気持ちになっていた。これまで勃起のたびに味わっていた苦痛はまったくない。ただ、敏感な亀頭粘膜がちょっとした強い刺激にも鋭く反応する。

「ふうーっ」

ようやく長い接吻を終えた悦子は大きく呼吸し、チラと亜紀彦の股間を見て、満足そうな笑みを浮かべた。

「まあまあ。おねえさんが少し可愛がってあげたら、こんなに大きくなっちゃって……。ほら、ちゃあんと先走りのおツユも出てきたでしょう」

見ると、確かに透明な液体が尿道口から溢れている。指を離すとツーと糸をひく粘液だ。

こうやって男性の器官を愛撫するのに悦子は慣れきっているらしく、指の腹と掌にそのヌルヌルした液をまぶして亀頭全体をくるみこむようにし、柔らかく愛撫しだした。

「うう、ああ……っ」

たとえようもない、初めて味わう快美な感覚が少年の体をピインと反《そ》りかえらせる。

「そんなに気持ちいい？」

「うん。ああ……、悦子ねえさん……っ！」

しがみついてくる少年の体をやさしく抱きしめてやり、なおも巧みにしごきたてる悦子だ。

亜紀彦は無意識のうちに腰を前後にうち揺すりだした。いまや従姉の肉づきのよい掌と指が女体そのもののような錯覚を与えてくれている。

「ああ。う、む……！」

「イキそうね、亜紀彦クン……」

悦子は指の動きに緩急をつけながら、巧みに摩擦刺激で少年を快感の海に翻弄《ほんろう》する。

亜紀彦は溺れるもののように従姉の豊満な胸にすがりつく。ベビードールの前開きからこぼれている乳房を摑む。マシュマロのように柔らかで、それでいて空気が充満したゴムまりのように弾力にとんだ肉の丘。それは汗に濡れ、二つの丘が作る谷間から、コロンの香りとミックスした若い娘の新鮮な汗の匂いがたちのぼる。

ふいに、亜紀彦は先刻見た夢を思いだした。洞窟の中で慈愛に満ちた笑みを浮かべつつ自分を抱きしめてくれた美しい女の胸を。

「お母さん……っ！」

そう叫んだとたん、腰骨のところで何かが弾けた。ズキンという感覚。腰から股、ペニスにかけて灼《や》けるような溶けるような、甘美な爆発が断続して少年の全身をガクガクとゆさぶり、

「む、ううっ、うわあ、あっ……」

亜紀彦はむちむちした従姉の乳房に顔を押しつけつつ呻き、喘《あえ》ぎ、苦悶する病者のようにガタガタ顫えた。

「亜紀彦クン、イッたのね……。わ、すごい……！」

悦子は従弟が絶頂するのを察知して噴射口に掌をあてがって、ドクドクッと迸る若い牡のエキスを受けとめた。ねっとりした白濁液は何回か断続して吐き出され、そのたびに硬直した器官はびくびくと震えた。

「あっ、はあっ……」

熱病患者のように息を荒げ、胸を上下させている亜紀彦のペニスは、愛しげに見つめる従姉の指にしごかれて最後の一滴まで絞りだされた。

悪夢に脅えた幼児が母親の胸にすがりつくように、従姉の乳房に顔を埋めていた亜紀彦が、ようやくぐったりとシーツの上に仰臥した。

「すごいのね、亜紀彦クン。悦子ねえさん、びっくりしちゃったわ……。死ぬんじゃないか、と一瞬思ったぐらい」

射精するときにそのような激烈な反応を見せた男性は、悦子の、二十歳の娘としては豊富らしい男性体験の中でも、初めてだったようだ。

「たいてい、『うーん』と言って、ビクッと震えて、それで終わりなんだけど……。若いときは誰でも亜紀彦クンみたいに激しいのかなあ……」

そう呟《つぶや》きながら、嬉しそうに手指を汚した白いねばる液の匂いをクンクンと嗅ぐ。

「わ。匂いも強いわ……」

どうも誰かと比較されているようだ。

悦子は濡れティッシュをとって小学六年生のペニスを拭ってやる。

「二回目にしてはいっぱい出たみたい。じゃ、ここにまだまだ溜まっているのかな」

無毛の股間をまさぐり、まだ腫《は》れたように硬くなっている睾丸を握る悦子だ。

「精液ってここに溜まっているの？」

「そうよ。今みたいに出しちゃうと、新しい精液がどんどん作られるの。だから、若いうちは毎日でも出したほうがいいのよ。そうすれば夜、パンツを濡らさなくてもすむわ」

悦子は、聡明だが性に無知な少年に知識を与えるのが楽しい様子だ。

「だけど、二度も三度もしたらダメよ。適当にセーブしないとね」

力を失なって柔らかくなった従弟の欲望器官を愛しげにおもちゃにするのをやめない悦子。ぐったりと力が抜けた感じの亜紀彦は、急に眠気を覚えた。やはり二度の射精は彼のエネルギーをかなり奪ったのだろう。

「悦子ねえさん……。一緒に眠っていい……？」

自分のベッドでひとり眠る気になれなかった。温かく柔らかく、いい匂いのする若い娘にぴったり体を押しつけていると、離れて自分の部屋に帰る気になれない。

「え？　ま、いいか……。亜紀彦クンのパパも今夜はもう呼ばないだろうし。……でも、松《まつ》沼《ぬま》さんたちが起きる前に自分の部屋に帰るのよ。いろいろうるさいから……」

松沼さんというのは、週末だけ娘の家に帰り、週日は住み込みで家事をやっている中年の家政婦のことだ。黒島家には、彼女の他、数人のお手伝い、慎之介の専用運転手兼雑用係をつとめる初老の男性が住み込んでいる。

「うん、そうするから」

「じゃ、いいわ」

悦子は自分の枕を亜紀彦に与え、自分は座布団を折って枕代わりにした。亜紀彦がスヤスヤ寝息をたてると、健康な娘もすぐに眠りに落ちた……。

2

どれくらい眠ったろうか——。

亜紀彦はフッと目を覚ました。たぶん、寝苦しかったからだろう。初夏の夜気は生あたたかく、少年とひとつ布団に横になっていたせいか、暑がりやの悦子はかけ布団をいつの間にかはねのけていた。

うっすらと白んできた闇の中に、薄い寝衣一枚のあられもない恰好で、若い娘はあおむけになって熟睡している。

ベビードールの前はしどけなくはだけ、豊かな乳房の丘がほとんどむきだしになって、寝息と共に規則正しいリズムで上下している。

愛らしいフリルで飾られた裾も、片膝をたてているのであられもなく捲《まく》れ、ムチムチした太腿が付け根まで露《あら》わになっている。豊かなヒップを包んだ白い下着の底がふっくら盛り上がって、下腹の悩ましい丘までまる見えだ。

亜紀彦の側の腕は頭の後ろへと伸ばされているので、腋窩《えきか》にふさふさと生えた腋毛が白い肌にくろぐろと浮かびあがっていた。そこから、亜紀彦が初めて嗅ぐ、酸っぱいような甘いようなやるせない匂いが立ちのぼっている。

（あ……）

亜紀彦は股間に鈍痛を覚え、自分が激しく勃起しているのに気がついた。

痛みは、それまでの引きつるような感じではなく、ズーンと重苦しいものだ。そうっとブリーフの下に手を入れてみる。

悦子の手で射精させられた後、いったんもとに戻った包皮は、今度は自然に後退し、充血して赤くなった亀頭を完全に露出させている。

(うわぁ、こんなに大きくなって……)

自分でも驚くほどの膨張ぶりに、十二歳の少年は狼狽《ろうばい》してしまった。朝立ちという自然の生理現象ばかりではない。かたわらに横たわる健康な娘の、むきだしの乳房や太腿、その熱く湿った肌からふりまかれる蠱惑的な牝の匂いが、成熟のはじまった牡——亜紀彦の欲望を強烈にそそりたてているのだ。

特に、呼吸と共に上下する白い肉丘の頂上にあるピンク色の突起が亜紀彦を誘惑する。

(悦子ねえさんのおっぱい、吸ってみたい……)

彼はその誘惑に負けた。そうっと上半身を起こし、おそるおそる顔を乳首に近づけた。乳首と乳暈《にゅううん》の周辺に、独特の甘い匂いが香って鼻腔を刺激する。

(おいしそう……)

少年は従姉の乳房におおいかぶさり、そうっと唇で乳首の先端に触れた。少しザラザラした、柔らかいゴムのような感触。亜紀彦は舌をつき出すと、チロと先端を舐《な》め、しゃぶってみた。

「あ……」

眠っていた悦子の体がビクンとふるえた。少年はかまわず、むしゃぶりつくようにして強く吸いついた。豊かなふくらみを摑んで揉んだ。

「く、くすぐったぁい……！　亜紀彦クンったら、やめてよ、もう……」

乳首を吸われ、乳房を揉まれて目を覚ました悦子は、最初は少し不機嫌そうな声を出して彼の体を押しのけようとしたが、亜紀彦が吸うのをやめないでいると、やがて甘い鼻声を洩らしだした。

「あ、あン……。やだぁ……」

驚いたことに、亜紀彦の唇にくわえられ、しゃぶられる乳嘴《にゅうし》は、みるみるうちに倍以上にふくらみ、硬くなってゆく。乳首が男性の欲望器官と同じように、摩擦刺激を受けることによって勃起することを、彼は初めて知った。

（へえ、そうなのか……）

「この、いたずらっ子め……」

とうとう完全に目を覚まされ、おまけに子宮にまで火をつけられた娘は、従弟の首に手を回した。母性愛を刺激されたかのように少年の頭を自分の乳房に押しつけて充分に吸わせるようにし、もう一方の手を彼の股間へ伸ばす。ブリーフをつき破らんばかりに膨張している器官をさぐりあて、嬉しそうに笑った。

「うふふっ。亜紀彦クンったら、皮がむけたとたんにこんなに大きくなって……」

ブリーフの下に指を滑りこませ、ズキズキ脈打っているものに指をからませ、しごくようにする。亀頭はすでにヌルヌルした液体で潤滑されていて、ズキンと脳天まで突きぬけるような快感が少年を痺れさせた。

「わ、生意気ね。こんなに大きくなるとは……。やい、こいつめ」

まだ膨張してくる器官の熱と硬度を確かめて驚きの声をはり上げる。

「このままじゃ、もう、眠れないわね……。よーし、こうなりゃヤルっきゃないか」

少年より十近くも年上の娘は、亜紀彦の下着をひきさげながら、熱っぽい声で、

「亜紀彦クン、男にしてあげる……」

呻くように囁き、従弟に乳房を吸わせたまま、その手をつかんで自分の股間に導いた。

（わ、濡れてる……！）

柔らかい布に包まれた熱い肉。股をひろげた悦子の、最も女らしい部分に少年の指があてがわれた。布のその部分は、まるで尿を洩らしたように濡れていた。

「分かった？　女のひとも昂奮すると、亜紀彦クンのことと同じに濡れてくるのよ」

喘ぐように言い、自分の手でパンティをひきおろし、亜紀彦に秘部を存分に触らせる。陰

毛は掌にザラザラする感じで、しかも密生していた。それを掻きわけてゆくと、しとどに濡れた肉の裂け目に到達した。

「あ、ウーン……！」

敏感な粘膜部分を触られて、悦子の唇から快美の呻きが洩れた。自分よりずっと年下の少年――それも従弟に秘部を悪戯させるという行為に、悦子は激しく昂奮している。

「いい？　この割れ目ちゃんの上に、ほら、硬くなってるでしょ？　これがクリトリス。昂奮するとこうなるの……。女のコの一番敏感なところだから、亜紀彦クンのこの先っちょと同じよ。あまり強くすると痛いから、なるべくそっと触ってね。こんなふうに……」

亜紀彦の指に自分の指を添え、微妙な愛撫の仕方を教える。

「こう？」

「そう。もっとリズムをつけて……。そう、そうよ。あー、おねえさん、気持ちいいわ。いい、いい……っ！」

悩ましい声を張りあげ、ヒップをうちゆする。女体の鋭い反応に亜紀彦は驚いた。彼の指は、熱い蜜のような液体に濡れまぶされた。その液は従姉の肉体の裂け目からトロトロと溢れてくるのだ。

（そうか……、これだけヌルヌルしているとぼくのが簡単に入るわけだ……）

指で触らせてもらったおかげで、昂奮した女体に挿入するのがさほどむずかしいものではないように思える。

「ああ、もう、たまんない……」

膣開口部の奥まで亜紀彦の指を迎えいれて触らせた悦子は、完全に欲望の炎に全身を焼かれている。

「きて。亜紀彦クン……！」

仰臥すると両足をいっぱいに割りひらき、細っこく華奢《きゃしゃ》な従弟の体を股間へ導いた。

「さあ」

右手でドクドクと脈打っている少年のペニスを持ち、熱い蜜を吐き出している肉の亀裂へと押しあてた。

「ここに入れて。おねえさんを思いきり、突きさすのよ……！」

ぐいと引き寄せる。健気なまでに怒張している少年のペニスは、なめらかな粘膜のあわいに突きたてられると、角度が定まるまで二、三度上すべりしたが、狙いが決まるとあっけないほど簡単に、まるで貪欲なけものに呑みこまれるようにめりこんでいった。

「あ、うっ……！」

あたたかい悦子の膣粘膜はまるで独自の生きもののように蠢《うごめ》き、根元まで入ってきた亜紀彦を締めつけた。えもいわれぬ快美感がペニスから全身へと走り、少年は腰をうち顫わせて喘ぎ、快美の呻きを吐いた。

「気持ちいい？　ね、亜紀彦クン？」

やはり熱い呻きを洩らしながら、童貞の少年を受けいれた年上の娘は訊く。

「うん、すごくいい。とても気持ちいいよ、悦子ねえさん……。ああ……」

「これが男と女のセックスよ。あわてないでね。最初はおねえさんがリードするから、その動きに合わせて……」

亜紀彦はさっき射精したばかりだ。すぐに絶頂には達しないだろうと考えて、彼をしっかり抱きしめた若い娘は、自分の恥丘を少年のに押しつけるようにヒップを突き出し、ゆるゆると円を描くように、また、ゆっくりしたリズムで腰を上下に動かした。

「ああ……」

亜紀彦の唇から甘い呻きが洩れる。自分よりはるかにたくましい、健康で成熟した従姉の豊かな肉の上で、彼もまた無意識に腰をうちゆすりだした。

「そうよ、そう。そうやっておねえさんを突いて……。亜紀彦クンの元気なペニスで、内側をかきまわすようにして……。そうよ、そうよ……！」

生まれて初めて女性と交わる少年を誘導する悦子の声も、うわずりだした。二人の腰の動きが早まり、抽送するたびに蜜を溢《あふ》れさせる部分がピチャピチャと淫靡な音をたてた。硬くひきしまった睾丸が濡れた会陰部を叩く音も混じる。

ほどなく、限界点を突破した亜紀彦の体が反りかえった。

「え、悦子ねえさん……！」

「イクのね……。いいわよ、亜紀彦クン。思いきり出して……！」

少年は快美の絶頂を迎えた。

「あ、あおおう、うっ……！」

腰椎に強い衝撃があり、全身が電撃を受けたもののように激しく痙攣した。悦子は自分の内部で亜紀彦が暴れまわり、ドクドクと精液をしぶかせる感覚を味わった。

彼女はまだオルガスムスの前段階だったが、自分の体の上で汗にまみれた従弟がけもののように歓喜の叫びをあげ、細い腰を打ちつけてびくびくと震えるのをしっかり抱きしめ、初めてセックスを教えてやったという精神的な喜びを味わった――。

放出が終わった後も、悦子はしばらく亜紀彦を繋がらせたままにしておき、少年は精液を浴びた子宮が条件反射的にひくつき、ペニスを締めつける感覚を楽しんだ。

やがて、目のくらむような快感の渦からようやく解放された少年は、ハッと我に返るととたんに心配そうな声で尋ねた。

「悦子ねえさん……。ぼく、精液を中に出しちゃったけど、いいの？　赤ちゃんが出来るんじゃないの？」

従姉は少年の唇に優しく接吻してやった。

「セックスすると必ず赤ちゃんが生まれるわけじゃないの。悦子ねえさんは、いま、妊娠しない時期だから、心配しなくてもいいのよ……」

いとこ同士である若い娘と少年はしばらく抱き合い唇を吸いあっていた。やがて締めつける力が弱まり、萎《な》えたペニスはゆっくり押し出され、結合がとけた。精液と愛液の混合した液が溢れた。ティッシュペーパーをつかいながら、悦子は満足した顔で告げた。

「亜紀彦クン。これでキミ、本当に一人前の男になったのよ……」


翌日――。

午後、学校から帰ると、亜紀彦はさっそく従姉を探した。

その日はいち日、亜紀彦は授業にほとんど身が入らなかった。昨夜の官能的な体験を思い出しているうち、激しく勃起してしまうのだ。一刻も早く、従姉の柔らかく熱い肉に抱きつき、再びその中にのめりこみたかった。

だが、邸《やしき》の中に悦子の姿が見えない。住み込みの家政婦に訊いてみた。

「悦子ねえさんは、どこ？」

「先生が急にお帰りになったのよ」

慎之介は、マネージャーや事務所の雇い人たちから「先生」とよばれている。そういえば、映画のロケに出かけたはずの父親のリンカーンが車回しに置かれていた。天候の都合でロケが中止になったので、予定より早めに帰宅したらしい。

「離れでお世話をしています」

利発で感受性の鋭い少年は、中年の家政婦の言葉に隠されている微妙なトーンに、その時初めて気がついた。その瞬間、

（まさか……）

初めて、亜紀彦は父親と従姉の関係を疑った。

（パパと悦子ねえさんは、ひょっとしたら……？）

昨夜まで知らなかった性愛の世界。そこから射す光りが、それまで見えていなかったものの輪郭を浮かびあがらせた。もし童貞のままだったら、亜紀彦はまだまだ従姉のことを無邪気な目で見ていたに違いない。

――離れは「役づくりに専念する」という父親の聖域だった。悦子がこの家に来てから、慎之介は彼女を頻繁に離れに呼ぶ。亜紀彦はこれまで、文字通り、彼女が父親の身の回りの

着替えとか食事の世話をしているのだと思っていた。

しかし、なぜ、悦子は離れに一番近い部屋をあてがわれているのか。なぜ、夜になって離れに呼ばれることが多いのか。なぜ深夜、離れから戻ってくると、ひっそり入浴することが多いのか？

そして、家政婦の「お世話」という言葉を発するときの意味ありげな表情と口調。

(悦子姉さんは、パパのセックスの相手をしている……⁉)

自分は昨夜、従姉のかぐわしい体臭を放つふくよかな肉体が与えてくれる快楽に溺れた。男と女は、そうやって楽しみあうものだとしたら、はるかに大人である父親が同じ快楽を味わっていたとしても不思議はない。

それにしても、悦子は慎之介から見れば、自分の兄の娘――姪である。よりにもよって叔父が姪と肉体関係をもつというのは、いかにも背徳的ではないか。

しかし、亜紀彦にとっては、自分に性愛の歓喜を教えてくれた年上の娘を、父親が抱いているかもしれない――と思いあたったことのほうがショックだった。

(そうだろうか……？　本当にパパと悦子ねえさんは、セックスしているのだろうか？)

亜紀彦の胸中にわきあがった黒い疑惑は、同時に幼い嫉妬でもあった。童貞を捧げた瞬間から、少年は豊満な肉体と慈愛に満ちた娼婦の心をもつ従姉に恋したのかもしれない。

亜紀彦は自分の部屋のベッドにごろりと横になってしばらく天井をにらんでいた。

(離れで何をしているのか、覗けないかなぁ……?)

ふいに、そんな突拍子のない考えが湧いた。

——離れといっても、ふつうの一軒家ぐらいは充分にある。亜紀彦は二、三度、何かの用で呼ばれ、兄と一緒に入ったことがある。

暖炉をしつらえ、さまざまな骨董品を飾りたてた広い居間。ゴルフの優勝カップが所せましと並べられている書斎、四本の柱が天蓋《てんがい》を支えている、大きなベッドがある寝室、大理石の浴槽がある豪華なバスルーム……。凝ったインテリアに亜紀彦は驚いたものだ。

常に人の目にさらされる俳優という職業だからこそ、誰からもプライバシーを侵害されない、こういう場所を必要としたのかもしれない。当然、子供たちでさえ、そこには無断で入ることを厳しく禁じられている。その隔離された空間に、従姉が自分の父親と二人きりでいるという事実が、亜紀彦を苛立《いらだ》たせた。前には感じたことのない、明らかに嫉妬に由来する感情だ。その感情が、普段なら絶対にする気にならない行動に彼を駆りたてた。

(中を見たい……!)

だが、離れの土台は高く、窓も高い。外から覗くことは難しい。母屋からのドアはいつも固く閉ざされている。

（そうだ。あの楡《にれ》の木に登れば……）

利発で空想癖の強い少年は、やがて名案を思いついた。

母屋の裏手に楡の大木が聳《そび》えている。その木に登れば、居間の窓を上から見下ろすことが出来る。その古木には、兄の由紀彦と二人で、よく登って遊んだものだ。

少年は家政婦や使用人たちの目に触れないよう、こっそり裏庭に出た。楡の古木は、いたるところに瘤《こぶ》のような突起があり、運動神経の鋭いとはいえない亜紀彦でも容易によじ登ることができた。繁った葉が彼の細い体を隠してくれる。

（ここからなら、見える……）

居間の窓に向かって張り出している太い枝で体重を支え、身をのりだすと、眼下のガラス越しに室内の一部が見えた。

（こんなこと、しちゃ、いけないんだ……）

父親の聖域を覗き見る行為に良心の呵責《かしやく》と同時に恐怖も覚えた。慎之介は感情の起伏が激しく、今笑っていたのが突然に激怒し、物を投げつけたり殴ったりする。使用人をこっぴどく叱りつけるのはしょっちゅうのことだ。もし亜紀彦が離れを覗き見したと知れたら、どんなお仕置きを受けるか知れたものではない。

（やっぱり、やめようか……）

弱気になったときだ。

「さあ、悦子。こい……」

父親の声がした。専横な人物が目下の者に命令する厳しい口調。

それに応えて、

「はい、叔父さま……」

従姉の声がした。しおらしい声だ。

亜紀彦はドキッとした。ためらいは消しとんだ。大胆に身をのりだして窓ごしに見下ろすと――、

（……！）

部屋の中央、真紅のカーペットを敷きつめたまん中、ゆったりした革張りの肘かけ椅子にふんぞりかえる姿勢で座っているのは、父親の慎之介だ。窃視する亜紀彦から十メートルと離れていない距離にいる。

渋い中年男の魅力でお茶の間の人気も高い俳優は、シャワーを浴びたあとなのか、白いバスローブを纏《まと》っている。

突然、視界に従姉が現れた。

（わ……！）

悦子の方は白地に紺の水玉模様が入ったブラジャーとパンティだけの下着姿だった。いそいそとした仕草で叔父の慎之介に歩みよる。

亜紀彦は、槍のようなもので胸を衝かれた気がした。

(やっぱり、悦子ねえさんはパパと……)

ガタガタと全身が震えおののくのを感じ、亜紀彦はしっかりと枝にしがみついた。胸は早鐘をうち、息がつまりそうだ。喉はカラカラになり、全身がじっとり汗ばむ。居間で行なわれている以外のすべてのことが感覚から遮断された。時間の経過する観念も消えた。

「今日は時間がない。六時からT——映画のパーティに出なきゃいかんのだ。悦子、その口でやれ」

鬢《びん》に白いものが目立つ男ざかりの俳優は冷静な口調で命じた。

「あ……。はい」

一瞬、拗《す》ねるような不満そうな表情を浮かべた悦子だが、ホックの外されたブラを床に脱ぎ捨てると、この邸の主の前に跪《ひざまず》いた。

「さあ、やれ」

革張りの肘かけ椅子に浅く腰をかけるようにして、背もたれに上体をのけぞらす姿勢になった慎之介が、バスローブの前をはだけた。

（わ……！）

危なく亜紀彦は声を出すところだった。

父親は下着をつけておらず、バスローブの下は全裸だった。娘ざかりの姪の手で愛撫されていた男性の欲望器官は、股間から天井を向く角度で屹立《きつりつ》している。

十二歳の息子を驚かせたのは、怒張しきった器官のサイズだった。遠くから眺めても二十センチはありそうで、しかも太い。

脈打つ血管を浮き彫りにした幹の部分は、大人が握っても余る太さだ。全体的に色は赤紫色を呈しているが、完全に露茎している亀頭は赤みを帯びた黒褐色だ。さらに亜紀彦の目を剝《む》かせたのは、亀頭が茎より横に張り出して、ちょうど松茸の傘の形をしていることだ。それは大魚を突くための銛《もり》かなにかのように、禍々《まがまが》しい凶器的な印象さえ与える。

（パパのはすごいや……）

自分の、まだ未熟な青白い器官とはまったく違った、猛々《たけだけ》しい器官を見せつけられ、少年は呆然とした。すると、父親の割り開いた脚の間に膝をついた従姉がうやまうような手つきでその屹立に手をのばし、頸《くび》をさしのべ、ぷっくり厚い肉感的な唇をヌラヌラした液で濡れ光っている亀頭へ押しつけ、軽く接吻した。チロと桃色の舌を出し、舐めた。それから O の字に唇を開くと、すっぽりと茎を咥《くわ》えこみ、しゃぶるようにした。

ズズ。チュバッ。

淫靡《いんび》な音が亜紀彦の耳にも聞こえるような気がした。舌と唇と歯を駆使して、黒光りする牡の欲望器官を熱心に刺激する。

「む……」

やがて慎之介の顔が天井を向いてのけぞった。目は閉じられ、表情に恍惚の色が浮かぶ。股間に顔を伏せる娘の手は茎をしごきたて睾丸を揉みしだき、さらに肛門の方まで指をのばしている。

（あんな方法があったのか……）

性愛の形態について、まだまだ無知な少年は、驚きの目でパンティ一枚の従姉が、父親の股間で口唇の奉仕を続けるさまを眺めていた。息子のズボンとブリーフの下でも若い器官が激しく充血して、跨《また》がっている枝に擦りつけられてズキズキ疼いている。

——どれくらい時間が経過しただろうか。

叔父の分身を咥え、舐めしゃぶる姪の黒髪が激しく跳ね躍りだしたかと思うと、

「む……、うっ！」

低い呻きが慎之介の唇から洩れた。ビクッと腰から腹にかけて筋肉が痙攣し、

（射精した……）

亜紀彦にも分かった。ドクッドクッとずぶとい肉茎が断続的にうち震えて精液を射出する。それは直接に悦子の口の奥、喉のあたりに噴射されたに違いない。

「呑め」

悦子の喉のあたりがひくついた。額から小鼻のあたりまでじっとり汗を浮かべた娘は、口腔内に発射された牡のエキスを、嫌悪するふうもなくそのまま嚥下《えんげ》したのだ。

（わ。そのまま呑まされちゃった……！）

少年は、精液もまた尿と同じ排泄物のイメージを持っている。それだけに愛戯の果てに、射出された父親のエキスを平気で呑み込んでしまった従姉に驚かされた。

「よし」

最後の一滴まで呑ませつくした中年男は、先端部に未練そうにキスしている姪の体をつきのけた。

「はあっ……」

吐息をついた悦子の唇から薄白く濁った唾液が顎に垂れて糸をひく。

「では」

慎之介は立ち上がった。

「叔父さま……。今夜は？」

彼を見上げて、全裸の娘が訊く。子供が親にお小遣いをねだるような、甘えた表情。

「今夜は高輪《たかなわ》に泊まる」

そう言い捨てた慎之介は、浴室のほうへ歩いてゆく。

「つまんないの……」

そう呟きながら立ちあがった娘は、慎之介が去ったのを見届けると、全裸のままで窓の傍《そば》につかつかと歩み寄った。

（いけない……！）

亜紀彦はハッとして頸を引っ込め、太い枝に身を隠すようにした。従姉は黒々とした陰毛の森を隠そうともせず、腰に手を当てて威嚇するように立ちはだかり、キッと睨《にら》む目つきで窓ごしに楡の大木を見上げた。

そこに亜紀彦がいて覗き見していることを、彼女はとっくに気づいていたのだ——。


亜紀彦が自分の部屋のベッドで横になっていると、父親を乗せたリンカーン・コンチネンタルが車回しを出ていく気配がした。都心のホテルで開かれるパーティに出席するのだろう。

しばらくしてトントンと足音が二階に上ってきた。

「こらっ、泥棒猫。覗き屋……！」

部屋のドアが開くと同時に、悦子の怒った声が飛んできた。少年はあわてて毛布を頭からかぶった。

ドンと従姉が跨がってきた。ずっしりした体重につぶされ、「うっ」と呻いてしまう。

「いったい、どういうつもり⁉　あんなところから覗き見して……。もし叔父さまに見つかったら大変なことになったわよ。こっぴどくお仕置きをされて、この家、追い出されたかもしれないわよ！」

指摘されてみて亜紀彦も震えあがった。父親が激怒するとどうなるか、亜紀彦もよく知っている。

「さあ、何とか言いなさい！　どうして覗き見なんかしたの？」

かぶっていた毛布が剝ぎ取られた。少年は両手で顔を覆う。その指の間から頰を濡らした涙の筋。それを見て悦子は目を丸くした。

「まあ。亜紀彦クンったら泣いてんの……？」

ためいきをついて、従姉は亜紀彦の体の上から降りた。

もともと頭脳の回転の早い娘だ。すぐに、亜紀彦がたんなる好奇心から、木によじ登ってまで父親の聖域を覗き見たのではないことを察したようだ。

「そうかぁ……」

考え深い目になる。慎之介を送りだしてからシャワーを浴びたのだろうか、Tシャツとショートパンツに着替えた体からは、甘やかなオーデコロンの匂いが漂う。

「……どうもキミは、おねえさんとキミのパパのことで焼餅やいたみたいね。それで、覗きにきたんでしょう？」

年上の娘はズバリ言いあて、従弟がこっくり頷くと、おかしそうに笑った。

「亜紀彦クンに焼餅やかれるとは、思わなかったわ……。でも、ゆうべキミを抱いてあげたからって、おねえさんは亜紀彦クンのものじゃないのよ。まあ、この際ハッキリ言ってしまうけど、キミのパパ——叔父さまのものなのよ。だからと言って、愛したり愛されたりといった関係でもないの。つまり、こういうこと……」

悦子は亜紀彦を抱いて布団にもぐりこむと彼の体を抱き締めたり愛撫したりしながら、これまでの経緯を従弟に打ち明けだした。

長崎で短大を卒業した後、地元の銀行に就職した悦子だが、彼女の健康的な肉体美に目がくらんだ上司と関係し、その妻に知れたため、ちょっとした騒ぎを引き起こしてしまった。おかげで、半年たらずで退職する羽目になってしまった。

悦子の父親は娘の不行跡を怒って、家にとじこめ家事手伝いをさせた。社交的で活発な性格の悦子が、それに我慢できるわけがない。彼女はこっそり叔父の慎之介に手紙を書き、東京に出たいので援助してほしいと訴えた。

姪とは法事の折に一、二度しか会ったことがなかったのだが、慎之介は兄に内緒で旅費を送って「ともかく上京しなさい」と言ってきた。悦子は、親に書き置きを残して上京し、叔父の家にやってきたのだ。

そのとき、しばらくぶりに会った姪が、グラマラスな肉体と好色な性格をもつ娘になっていることを知った慎之介は、大胆な提案を行なった。

「おれが家にいるとき、セックスの相手になるのなら、面倒をみてあげよう」

その申し出を、悦子はほとんど即座に受けいれた。東京の高級住宅街にある、スターの豪邸に住めるということだけでも、地方から出てきた娘にとっては夢のようなことだ。

しかも、叔父は彼女が英会話を身につけるための学費まで出してくれるという。ゆくゆくは海外で仕事をしたい――というのが悦子の夢だったから、願ってもないことだった。

こうして悦子は、現実的な打算から、黒島慎之介の性欲を処理するための女として、黒島家に住みこむことになった。もちろん表面上は、母親のいない亜紀彦の身の回りの世話が彼女の役目、ということになっていたが――。

「叔父さまと私の関係は、そういうことなの。だから、叔父さまがこの家にいるときは悦子ねえさんは、叔父さまのものなのよ。分かった？」

「だけど、それじゃお妾《めかけ》さんじゃないの」

亜紀彦は口をとんがらかした。父親が金の力で従姉を自由にしていることに、納得できないものを感じている。

「お妾さん……？　キャハハ。亜紀彦クンったら、古風な言葉を知ってるのね。でも、もうお妾さんなんてはやらないのよ。言うのなら愛人って言ってほしいわ」

ケラケラ笑ってみせた悦子だ。彼女のほうはいかにも新人類と呼ばれる世代らしく、この世の道徳律とは無縁の考え方をしている。

「こういうのをギヴ・アンド・テイクっていうのよ。私は東京で暮らせて勉強もできる。叔父さまは叔父さまで、若い娘とセックスができて、しかもスキャンダルにはならない。つまり、外で遊ぶよりもずうっと安全だってこと……。お互いに便利でしょ。……それに、亜紀彦クンのパパのお相手をするのは、私だけじゃないのよ……」

悦子は自分の行為を正当化しようとして、亜紀彦が知らなかった慎之介の秘密をケロリとした表情で暴露してしまった。

「えっ……？」

「そうなの。実は、高輪にもう一人女の人がいるの。私は会ったことはないけど、子供もある未亡人だって。叔父さまはそのひととずっとつきあって、東京にいるときでも泊まったりしているのよ」

「へえ……」

それで、さっき父親が、「今夜は高輪に泊まる」と告げた意味が分かった。

「ふうん……」

「どっちかというと、叔父さまはその人が好きみたいね。私は、たまたま家に帰ってきたときにお相手をするだけ」

「でも、それじゃ悦子ねえさんは、パパにおもちゃ扱いされてるんじゃないの……」

亜紀彦は口をとんがらかした。

「だって叔父さまは、とても性欲が強いの。毎日でもセックスできるし、しないとイライラして怒りっぽくなるわ。だから誰か、お相手する女性が必要なの。でも、コマーシャルに出演したりしているでしょう。あんまりスキャンダラスなこと――お金で女の人を買ったりとか、世間から非難されるようなことは出来ないのよ。高輪の女の人とか、私のような、いつでも安心して相手にできる女が必要なのよ」

「それだったら、パパは、高輪の女の人と結婚すればいいのに……」

やっぱり亜紀彦としては、悦子のようなドライに割りきった考えかたは出来ない。

「うーん、それはそうだけどね、でも、キミのパパは今みたいに一人の女性に束縛されない状態が気にいってるみたい。それに、由紀彦さんが再婚には反対だし」

「兄さんが……？」

「そうよ。『パパが誰かと結婚するのなら、グレてやる』って脅かしてるらしいわ。叔父さまは由紀彦さんがお気に入りだから、あえて反対を押し切ってまで再婚する気はないみたいね……」

「へえー、どうしてだろう？」

亜紀彦には初耳の話だが、それにしても、自分の兄がなぜ父親の再婚に反対なのか、見当もつかなかった。その兄はいま、フットボール修行のためにカリフォルニアの高校に留学しているので、理由を訊くわけにはいかない。

「分からないわ。たぶん、お母さまの思い出が強いから、他の女の人がこの家に入ってくるのが嫌なのじゃないかしら……」

「そうかなあ……」

亜紀彦は母親をほとんど知らないが、五歳年上の兄は実母のことが記憶にしっかり刻みこまれているに違いない。

（それにしては兄さんは、ママの話をしたり懐かしがったりしないけど……）

「分かった？　この家での私と叔父さまの関係はそういうことなの。だから、こっそり亜紀彦クンとセックスしてたなんて分かったら、叔父さまのほうが腹を立てて私を追い出してしまうかもよ。そうなったら私、亜紀彦クンを恨むわ。そうしたいの？」

「そんなこと、したくないよ……」

亜紀彦はしょげかえって答えた。

「だから、私に焼餅やいたりしないこと。それに、もう絶対に離れの中を覗き見したらダメよ。キミにはまだ刺激が強すぎるからね。さあ、約束して。そうしたら、パパのいないときは、昨夜のように亜紀彦クンのお相手をしてあげる」

亜紀彦はしぶしぶ頷いた。

「うん。約束する……」

悦子は満足した表情になった。

「だけど驚いたな……。叔父さんにおフェラしながらふっと顔をあげたら、窓の向こうの木の枝からキミが亀の子みたいに首を出して覗いているんだもの。一瞬、わが目を疑っちゃった」

では、この従姉は、亜紀彦に見られていることを承知で、叔父の肉茎を唇に咥えて刺激し、おまけに精液まで呑んでみせたのだ。

「キミに見られてると知って、あの時、おねえさんは余計に昂奮してしまったわ。……よーし。じゃ、叔父さまは出かけたことだし、晩ごはんには時間があるから、セックスしようか。どう？」

自分の叔父の情婦をつとめている娘は、悪戯っぽく笑い、目を輝かせてのしかかってきた。先刻は一方的に慎之介の欲情を受けとめ自分の欲望を満足させてもらえなかった。彼女の子宮で官能の火がまだ燻《くすぶ》っているらしい。

「うん……」

さっきから従姉に抱き締められて勃起しっぱなしの亜紀彦は目を輝かした。

「じゃ、裸になって」

二人は服を脱いで真っ裸になると、ベッドの上で抱き合い、唇を吸いあった。しばらく舌をからませあった後、昨夜、自分が童貞を奪ったばかりの十二歳の細っこい体を愛撫しながら、ふいに悦子は訊いた。

「ね、亜紀彦クン。さっき、おねえさんと叔父さまのこと見てて、昂奮したでしょう？　同じこと、やってあげようか？」

「え……!?」

禍々しい銛のような父親の男根を、従姉が咥え、舐め、しゃぶる光景がまざまざと思い出された。

「だって……、汚くない？」

年上の娘の指で刺激されている亜紀彦のペニスは極限まで膨張し、先端はヌルヌルに濡れている。少年の頭には、ペニスはまだ排泄器官という観念がつよい。

「ばかねぇ、こんなにカワユクてけなげなペニちゃん、汚いなんて、思うわけないでしょう？　悦子ねえさんのおフェラ、気持ちいいんだから……」

好色な娘は、従弟を仰向けに寝かせ、脚をひろげさせた間にうずくまると、天井を向いて屹立している若い器官に指を添え、ふっくりと肉厚の唇を開いてスポッと咥えこんだ。

「あ、うっ……」

亜紀彦は呻いた。けさがた味わった従姉の膣の感触とはまた違った、熱い、ぬめっとした口腔がしめつける感触。たちまち目のくらむような快感が少年を圧倒した。

「どう、気持ちいいでしょ？」

楽しげな口調でいい、また口にふくみ、舌を使う。悦子は性的な快感を与えることに喜びを見出す、娼婦的な性格を持っている。

「いい……」

亜紀彦が切な気な声を洩らして細腰をゆするのを上目づかいに観察しながらオーラルの技

巧をつくす。彼女の手と指も、茎の根元や睾丸、肛門のあたりを丁寧に愛撫している。

「あ、あッ、悦子ねえさん……」

少年の限界は意外なほど早く訪れた。

「もう、出る?」

「うっ、うん……」

「じゃ、おねえさんのお口の中に出して」

「だって、汚いよ……」

「ばーか。赤ちゃんのもとになるエキスが、どうして汚いのよ。おしっこと違うのよ。いいから思いきりドバッと出して。亜紀彦クンの新鮮なホルモンを呑んであげる」

そう言って、また無毛の股間に顔を伏せる悦子。

「あ、あっ。だ、だめ……。ウン……!」

仰臥した少年の裸身がのけ反った。腰と下腹がつき上げられた。悦子にくわえこまれた肉の茎がぶるぶるっと武者ぶるいしたかとおもうと、

「う、アアッ!」

ドクンドクンと精液が噴きあげた。

「……」

口中に従弟の熱い迸りを受けると同時に、すばやく喉を鳴らして呑み込んでしまう悦子だ。

「うー、む……ン！」

ひとしきり若い男の肉根は悦子の口の中で暴れまわった。巧みに動く舌と唇が、一滴残らず少年の精液を絞りとるようにする。

「はあーっ……」

ようやく悦子が口を離した。唾液の糸が唇と亀頭の間を走る。

「よかったでしょう」

舌なめずりしながら訊く。

「うん……。すごくよかった」

「分かった？　これがフェラチオっていうの。女の人は、あそこでばかりじゃなく、お口でも気持ちよくしてあげられるんだから……」

年上の娘は、妖しい笑みを浮かべながら少年が荒い息をついてぐったりしている姿を満足気に眺め、彼が気力を取り戻したところで、今度は別の行為へと誘った。

「ね、亜紀彦クン。男の人も、女の人をお口で喜ばすことができるのよ」

「あそこを？」

「そう。ここにキスするの……」

美少年の顔に跨がるようにして、自分の下腹部をあからさまに示してみせる。

「あ……！」

昨夜は指でさわっただけで、女性の魅惑ゾーンを見ていない。亜紀彦は生まれて初めて見る、成熟した女性の性愛器官の眺めに息を呑んだ。

恥丘——ヴィーナスの丘と称せられる魅力的な肉のふくらみは、濡れたように艶のある黒々とした濃密なヘアで覆われている。赤いマニキュアをほどこした悦子の指が繁みの下底をかき分けるようにすると、よく脂肪をのせてふっくり盛り上がった大陰唇が左右にパックリと割れ、スミレ色した熱帯花の花弁——小陰唇が現れた。

「これが、おねえさんの中心よ……」

従弟に秘部をあからさまに見せつける行為に昂《たかぶ》ったのか、悦子の声はうわずっている。

「きれいだ……」

目をまん丸に瞠《みひら》いた亜紀彦は、従姉がさらに秘密の裂け目を指で割り拡げてゆくと、感嘆の声をあげた。内側から濡れきらめくピンク色——新鮮な貝殻の内側を思わせる薄桃色の粘膜が現れたからだ。

シャワーを浴びた直後だから匂いは強烈ではない。しかし、僅かに潮くさいような独特の匂いがたちのぼる。昂奮しはじめた花芯が湿りだした時の、食欲をそそるような、かぐわしい匂いだ。

「まるで、唇みたい……」

愛撫を誘うようにひくひく蠢くような粘膜のきらめきと芳香に心を奪われた少年に、微笑を含んだ従姉が囁きかける。

「そうよ。これがおねえさんの、もう一つの唇。キスしてほしいんだけど……。いや？」

「ううん。いやじゃないよ……」

亜紀彦は初めてみる秘花の眺めに我を忘れた。そこが排泄の器官でもあることを忘れ、首をさしのべた。同時に全裸の娘もヒップを沈めてきた。

秘裂全体からたち昇る若い牝の蠱惑的な匂いが彼の顔をあたたかく包みこみ、脳が痺れたようになる。唇を突き出すようにして、花びらにキスすると、

「ああ……」

秘唇にくちづけさせる悦子の唇から、熱い呻きが吐き出された。激しい快美の感覚が生じて、ぶるぶると太腿の筋肉が顫えた。

「もっと……。お願い、舐めてちょうだい……」

亜紀彦の舌がシェル・ピンクの粘膜にさしこまれる。

（甘い……）

膣口から熱い、透明な液がほとばしるように溢れ出た。夢中になって少年は吸った。舐めた。蜜をゆるく溶いたような、あるいは葛湯《くずゆ》にも似た甘味が感じられた。

歓喜が亜紀彦の全身をうち顫わせた。両手をさし上げ、女の生命力を漲《みなぎ》らせてずっしりと豊かなヒップを抱きかかえ、秘部に顔を埋める。

「あ、あーっ。亜紀彦クン……！　いいわ、すごくいい。素敵よー……」

ピチャピチャ、猫がミルクを呑むような淫靡な音がして、蜜を啜られる女体がゆれた。ゆさゆさと豊満な乳房の丘がゆれた。

「クリちゃんも舐めて。そう、舐めあげるようにしてぇ……」

自分の敏感な部分を指示する悦子。亜紀彦は従姉の体から愛液がとめどもなく溢れてくるのに驚いた。

（女のひとって、ここを舐められると、こんなに濡れちゃうのか……）

それと同時に小粒の真珠のような肉核が、むくむくと勃起して硬くなる。

「ああ、あン……。もう、たまんない！」

さかんに裸身をゆさぶり、うちくねらせていた悦子は、やにわに体の向きを変えると、亜紀彦の股間に顔を埋めてきた。シックスナインの姿勢だ。

自分のペニスも吸われ、亜紀彦は呻いた。

「おねえさんと競争よ。さあ……」

いつの間にか元気を回復し、ズキズキと力強く脈打っている従弟の肉茎を摑み、しごき先端を舐め、しゃぶり、嚙む悦子。

(負けるもんか……)

射精したばかりなので余裕はある。年上の娘の巧みな責めを堪えながら、亜紀彦は顔の真上から押しつけてくる女体の裂け目に唇を押しあて、さらに舌をつかった。

「あっ、ああ」

「ううン」

汗まみれの、性のけものと化した二つの肉体がからみあい、のたうつ。やがて、悦子の全身がぴーんと硬直したかと思うと、少年のペニスから口を離して、

「あっ、あー……。イクう！」

悲痛とさえ思える声を吐きだし、ぶるぶると内腿が顫え、熱い肌がぐぐっと強い力で亜紀彦の頰をはさみつけた。同時にドッとばかり熱い蜜が大量に噴きだして口に注がれた。

(やったぁ……！)

自分の唇と舌で成熟した従姉をオルガスムスに導くことに成功した少年の胸に、誇らしい感情が湧いた。

「あ、あーン……」

甘く啜り泣くように呻きつつ、ヒップを左右にくねくねうち揺すりながらしばらく亜紀彦の顔を太腿でギュッとはさみつけていた悦子は、やがてその力をゆるめ、ベッドに寝くずれた。

くたくたと力が抜けたような従姉を仰臥させると、亜紀彦はその上にのしかかった。

「亜紀彦クン……。キミ、女の子を喜ばせる素質、あるよ……」

両の腿を割り開き、鉄のように硬くなった若いペニスを花芯に受けいれながら、悦子は言った。

——従姉の悦子は、そうやって亜紀彦の性の教師となった。

早熟で、好奇心の強かった悦子は、中学校二年生で級友の男の子と初体験し、それからは学校の体育教師、高校の先輩、銀行の上司……と、何人もの男性と性的な体験を積みかさねている。さらに、後になって分かったことだが、叔父の黒島慎之介からも、肛門愛撫やＳＭ的な性戯を教えこまれていた。

性的な目ざめこそ同年代の少年たちに比べて遅かった亜紀彦だが、悦子に手ほどきされたことによって、彼の肉体は急速に成熟しだした。下腹のうぶ毛がみるみる黒く濃くなり、童貞を失なってから半月もたたないうちに、しなやかで艶のある陰毛がペニスの回りを覆った。

「キミは、汲《く》めども尽きぬ精液の泉だね」

悦子がときどきそう言って賛嘆するほど、彼の性的エネルギーも強まっていった。

毎朝、起きる前にオナニーで射精しても、学校で若い女教師のヒップを見たりすると、もう勃起するのだ。

悦子は、慎之介に怪しまれないように、彼が家にいる時は、絶対に亜紀彦を近づけないし、自分も近づかないという原則を作った。それでも、邸の主は仕事で外泊することが多く、高輪の愛人宅に泊まりこむことも多い。だから週に三日ぐらいはおおっぴらに抱き合える夜をもてた。

慎之介が留守のときは、悦子と亜紀彦は、どちらかの部屋で夜遅くまで性愛遊戯に耽溺《たんでき》し、少なくとも二度は射出した。悦子はピルを使用していたが、生理期間は手指、唇、乳房の谷間などを使って従弟の欲望を噴きあげさせてやった。

亜紀彦は、好色な従姉から、女体の構造、生理や避妊についての知識、愛撫の技巧、体位のことなどを学んでいった。

悦子は体質的にV感覚――膣で味わう感覚が希薄なのか、亜紀彦との交合で激しいオルガスムスを味わうことはなかったが、C感覚――クリトリスの感覚は鋭敏で、少年の指、唇や舌で刺激されると悩乱の声を張りあげて絶頂し、深い満足を味わうのだった。

だが、悦子の巧みな隠蔽《いんぺい》工作のおかげで、慎之介も、他の使用人たちも、二人の関係にまったく気がつかなかった。

亜紀彦は、従姉から厳しく叱られたので、二度と離れで行なわれていることを覗き見しようとはしなかった。たぶん、自分に対してと同じようなことを彼女が父親に行なっているのだろう――と、漠然と思っていた。

とはいえ、家にいるときは悦子を自由にしている慎之介に対して、嫉妬がなかったわけではない。だが、考えてみれば、父親の愛人だからこそ悦子は自分の傍にいられるのだ。亜紀彦はつとめて、父親と悦子の行為を考えないようにした。

そうやって性愛の世界に夢中になってのめりこんだのだから、勉学がおろそかにならなかったはずはないのだが、それでも亜紀彦は、難関といわれる私立の名門中学の試験に合格した。

もともと知能指数は高く、聡明さでは兄より勝っていることもあるが、射精した後、一時的な消耗感から回復すると、亜紀彦は不思議なほど頭脳が明晰になり、思考能力が高まり、集中力も増すのだ。そういうタイプの少年には、ひとりで悶々と悩むよりも、悦子というおおらかな吐け口があったほうが、よかったのかもしれない。

ともあれ、中学生の制服を着たとき、亜紀彦は、性的な面では立派な大人になっていた。たとえ、女の子のように優しい顔だちと、ほっそりした肉体のために、外見はひ弱で女々《めめ》しく見えるにしても……。

「不思議だね……。キミはお髭も少ないし、手や脚の毛だって少ないし、筋肉がゴツゴツしてるわけでもない。でも、ここだけはすごく発達してきたわ。精力も、キミのパパに負けないぐらい強い……」

悦子はそう言って従弟の裸身を眺めて不思議がった。亜紀彦のペニスは、萎えたときは陰毛の繁みの中に隠れてしまうほどで、どちらかというと短小と言ってよい。ところが、ひとたび昂奮して勃起すると、悦子が瞠目《どうもく》するほどのサイズに膨張し、鉄のように硬くなるのだ。

「キミは将来、モテてモテて困るぐらいになるよ……」

悦子はそう言って彼の未来を予言したものだ。

そうやって一年が過ぎた――。

性愛の家庭教師ともいうべき悦子が、唐突に、亜紀彦のもとを去る日がやってきた。ある夜、彼のベッドで抱きあっている時、従姉が打ち明けたのだ。

「亜紀彦クン。悦子ねえさん、この家を出ることになったの。キミともお別れよ……」

「ええっ!?」

亜紀彦ははね起きた。

「ぼくたちのこと、パパに分かったの？」

「ううん。そんなことじゃないの」

裸の娘は、一年たつうちにずっと大人びてたくましささえそなえてきた従弟の体をだきしめた。

「パパは、高輪のひとと結婚することになったのよ。そうしたら、悦子ねえさんをこの家においとけないでしょう？」

「そんな……」

亜紀彦は絶句した。この一年、彼と悦子は数えきれないほど交わりあった。その結果、少年は従姉と肉欲以上のもので結びつけられている。その絆を断ち切られるなどとは夢にも思っていなかっただけに、激しいショックだった。

「そんなに驚かないでよ。この方がいいの。私と亜紀彦クン、いつまでも一緒にいられるわけがない、ってこと、キミだってよく分かるでしょう？　私には私の人生があり、キミにはキミの人生があるんだから……」

そう言って、年上の娘はしょげかえる中学生をなぐさめるのだった。

「だけど、いったい、どうして……？　パパが今ごろになって、高輪の女の人と結婚するなんて……」

父親の慎之介は、特定の女性に束縛されない独身生活を愛していると語っていたのではなかったか。また、兄の由紀彦が反対するので、新しい母親をこの家に迎えるようなことはしない――と約束していたのではなかったか？

「それはね、叔父さまが自分で思ったんじゃなく、周囲の情勢からむりやり、そういうことになってしまったの……」

悦子は、慎之介から打ち明けられたばかりの急な再婚話の内幕を、亜紀彦に教えた。

――発端は、スキャンダラスなスクープを得意とする写真週刊誌に、黒島慎之介と高輪に住む愛人が、ある場所で密会しているところを盗み撮りされたことにある。

このときちょうど、慎之介はテレビでファミリー・ドラマに出演し、頼りになる父親役を演じて好評を博していた。盗み撮りを知ったとき、一番慌てたのが、テレビ局とスポンサーサイドだった。

相手の女性は未亡人だから、慎之介との関係は世間で言う不倫ではない。それにしても、いかにもタイミングが悪かった。ドラマの父親役のイメージで、ある大手保険会社のイメージ広告のキャラクターにも選ばれ、最初のコマーシャルが流れはじめた時期だったのだ。どういう状況で写真を撮られたかは悦子も口を濁したのだが、盗み撮りされた写真の内容も、公表されれば慎之介のイメージはかなりダウンするものらしい。急遽、関係者が集まって対策を協議した。

その結果、慎之介と写真に写された愛人を、正式に結婚させる——という結論が出た。結婚相手ということなら、どこにいて何をしようと、スキャンダラスなイメージは払拭されるし、スポンサーに対しても言い訳がたつ。慎之介も「やむをえない」と、その結論を受けいれることにした。

「そういうわけで、雑誌が発売される直前に再婚するって決まったの。発表は明日よ」

写真週刊誌とも交渉が重ねられ、最終的には、スポンサーサイドから大量の広告入稿が約束され、結婚に関しての優先取材を条件に、盗み撮りされた写真は闇に葬られた。

「それじゃ、パパもその女の人も、自分の意志で結婚するわけじゃないんだね。おかしな話だなあ……」

亜紀彦は納得がゆかない顔だ。

「仕方ないわ。それが大人の世界なんだから……。テレビ局もスポンサーも何千万円、何億円ってお金をかけているんだもの」

「それで、悦子ねえさんはどうなるの？」

父親が再婚して、新しい妻がこの家にやってくれば、愛人としての悦子を置いておくわけにはゆかない。それは亜紀彦も理解できた。

「うん。ちょうど、ロンドンにいる叔父さまの知り合いが、今度、日本料理店を出すことになって、日本人のスタッフを集めているんだって。それで私に『行く気はあるか』って言ってくれたの。私も本場で英語の勉強をしたかったたし、ゆくゆくは外国で仕事したいと考えていたでしょう？　旅費も出してくれるって言うから一も二もなくOKしたわ」

ロンドン――と聞いて、亜紀彦はがっかりした。同じ東京ならともかく、地球の裏側に行ってしまうとなると、会えるチャンスはなくなってしまう。

「そう落ちこまないでよ……。私が外に出て、もし叔父さまとの関係がバレたら、それこそ、島崎藤村以来の大スキャンダルになっちゃうわ。それを考えると叔父さまもオチオチ眠れないんじゃないかしら。だから私を、外国へ行かせることにしたんだと思うの」

「……それで、いつ行くの？」

「向こうでも、なるべく早く来てくれ、っていうから、一週間したら出発する」

「そんなに急いで……？」

めくるめく性愛の世界を教えてくれたセクシィでチャーミングな従姉が、あと一週間でいなくなると知って、思わず涙ぐんでしまった亜紀彦だ。

「ばかねえ、泣いたりして……。今度はとても綺麗で優しい、新しいお母さんがくるのよ。そうそう、かわいい女の子もいる。亜紀彦クンより二つ下ですって。妹ができるって、すばらしいことじゃない？　このお家だって賑やかになるし……」

そうやって慰めながら中学生になった少年の、ずいぶんと逞しい形を呈してきて、猛々しく色づいてもきたペニスを握ってそそり立ててやりながら、ふと自分もシンミリしてしまった悦子だが、

「さあ、あと一週間、思い残すことがないように、おねえさんと楽しむのよ……」

亜紀彦を励ますように、淫らな官能の世界へと誘うのだった――。

翌朝、珍しく亜紀彦は父親に呼ばれた。

テレビのホーム・ドラマでは、もの分かりのよい信頼感のある父親役を演じている慎之介だが、息子に対しては、むっつりした不機嫌な顔で、自分が再婚することを告げた。

「おまえも家族の一員だから、一応は言っておく」というおざなりな感じだった。彼が亜紀彦に接する態度には、実の父親が息子に示すような温かみは感じられない。亜紀彦は亜紀彦で、もの心ついた時からの父親の冷たさを、特に憎むでもなく受けいれている。

「まあ、新しいお母さんも大変だろうから、迷惑をかけるんじゃないぞ」

「はい……」

「結婚式は簡単にすませる。由紀彦も、その時は帰ってくるそうだ」

「ふうん」

「それだけだ」

父親はくるりと息子に背を向けて離れへと戻っていった。

次の日、マスコミはいっせいに、黒島慎之介の婚約を報じた。亜紀彦が見た新聞には、こう書かれていた。


『元剣豪スターで現在放映中の連続テレビドラマ『明日も夕焼け』の父親役でも人気の、俳優・黒島慎之介さん（47）はN――テレビで記者会見を行ない、来月の八日に、ブティック経営者の村越志津絵《むらこししずえ》さん（36）と結婚すると発表した。

黒島さんと村越さんは、四年前にあるパーティの席上で知り合い、交際を深めてきた。黒島さんも八年前に夫人を亡くし、村越さんも未亡人。似たような境遇が二人の心を結びつけるようになったという。なお、黒島さんには二男が、村越さんには一女がいる……』

新聞には、父親の写真と並んで、和服を着た女性の写真が掲載されていた。亜紀彦が想像していたのよりもっと美しい女性だった。

(あれ……、どこかで見たような……?)

そんな気がしないでもなかったが、写真は小さく、印刷も不鮮明だった。

(似たような女のひとはいっぱいいるからなぁ……)

あまり気にもとめなかった。それよりも、亜紀彦の心を占めていたのはこの家を出てロンドンに行ってしまう、従姉の悦子のことだった。


明日はこの家を出てゆくという夜、悦子は亜紀彦に新しい性の悦楽を教えた。

一度、激しく交わった後、再び元気を回復した亜紀彦に向かって、悦子は囁いた。

「今まで教えなかったけど、これでお別れだから、亜紀彦クンの一生の思い出になるようなこと、教えてあげる……」

「どんなこと?」

「女の人の体には、膣とお口以外にも、もっと楽しめるところがあるのよ」

「え? どこ?」

「それはね……」

妖しい笑みを浮かべ、グラマラスな肉体の持主は豊麗なヒップを誇るかのように、一糸纏わぬ裸体をうつ伏せにした。

「ここよ」

十三歳の少年の手をとって、丸い肉丘を縦にくっきりと割る谷間に導く。

「お尻の穴……？」

亜紀彦はびっくりした。

「そう。肛門でセックスするの」

「うそだ」

きゅっとすぼまった菊状の襞をもつ排泄孔は、とても男根を受け入れられるようには見えない。

「うそじゃないわ。叔父さまも、ときどき悦子ねえさんのここに入れて楽しむのよ」

「ほんと……？」

「うん」

「だって、狭いよ」

「見ただけじゃ分からないの。ここは広がるように出来ているんだから。試しにキミの指を入れてごらん」

悦子は持参した壜から乳液クリームをとり亜紀彦の指と、自分のアヌスに塗りたくった。

「さあ、人さし指を一本、入れてみて……」

「でも……」

「汚くないわ。さっきお風呂できれいに洗ってあるから……」

「痛いよ」

「大丈夫。指ぐらい、へいちゃらよ」

悦子はよつん這いの姿勢をとり、たかだかと双臀をもちあげた。両腿を割ると、谷間の奥にひっそり息づいていたスミレ色がかったアヌスが露わになる。排泄器官ではあるが、悦子に言われてみると、確かに何かを受けいれるための器官に思えないこともない。

そうっと人さし指をすぼまりの部分にあてがい力をこめてゆく。乳液で潤滑された肛門の襞を押し拡げるようにしてズブとめりこみ、

「はあっ」

悦子は息を吐いた。

「痛いの、悦子ねえさん？」

「大丈夫。息を吐くと力が抜けて入りやすいの」

「もっと入れていい？」

「いいわよ。根元まで入れて……」

「ほんとだ、入っちゃう」

最初にぐっと締めつけるような感じがあるが、そこを突破すると亜紀彦の人さし指はいとも簡単に奥へとめりこんでゆく。

「へえ、奥は広いんだ……」

「今度は二本入れてみて」

人さし指と中指がめりこんだ。

「力を入れてみるわね」

括約筋がググッと指の根元を締めた。痛いほどの締めつけだ。

「どう？」

「すごいや……」

自分の指がペニスだったら、えもいわれぬ快美を味わうはずだ。

「搔き回すようにして」

言われるとおりにすると、

「あ、あうっ……。いい、いいわぁ」

背をそらせ腿をぶるぶる震わせる。

「えーっ、気持ちいいの。ここで感じるの？」

亜紀彦は従姉の反応に驚いた。

「そうよ、子宮を反対側から刺激されるせいかしら……。おねえさん、そうやって指でかきまわされると、疼くようでたまんないの。あ、あーっ」

実際に彼女が快感を味わっていることは、濃い恥草に囲まれた秘唇のあわいから、とろとろと薄白い愛液が溢れてきたことで証明される。

「へえー……」

悦子は感心している従弟にたっぷり肛門をいじらせ、そこが彼のペニスを充分に受けいれられるほど広がることを確かめさせた。

「ほんとだ……」

従姉のアヌスを嬲《なぶ》っているうち、はやくも脂汗をねっとり餅肌に浮かせてヒップを淫らにうちくねらせ始めた女体の熱と匂いに、自分も昂りだした亜紀彦だ。

「じゃ、入れてみる」

かすれた声で言うと、

「うん。それじゃ……」

身を起こした悦子は、少年の勃起を含み、熱心にフェラチオしてやった。それからよつん這いになり、自分で尻朶《しりたぶ》を摑んで谷間を拡げるようにして、また乳液でたっぷりと潤滑された菊襞を露呈する。

「さあ、来て。亜紀彦クン。おねえさんの肛門を味わって……」

うわずった声で誘う。怒張しきって先端から透明な雫《しずく》を垂らしている欲望器官を手にした少年は、菊襞の中心部に赤紫色に充血した亀頭を押しあてた。

「いくよ……」

うぬ、と力をこめた。

「はあっ」

最初に抵抗があって、それが緩み、先端がめりこむ。肛門がぐぐっと拡張されて、

「入った……」

あっけないほど簡単にペニスは悦子の排泄器官に呑みこまれた。

「わりと簡単でしょう？」

「うん。根元まで入っちゃった」

「どう、感じは？」

膣襞の複雑微妙な感覚はないが、全体的に締めつける感じはくらべものにならない。

「いいよ。とても、いい……」

亜紀彦は無意識に抽送しながら、激しい昂奮を感じ、呻くような言葉を吐いた。

「そうでしょ？　これがアナル・セックスというの……」

やがて、腸奥を突く肉茎のリズムと、括約筋の締めつけるリズムが一致してきた。「はあっ」と悦子が息を吐くと同時に亜紀彦が突きたてる。「む……」引きぬくときにグッとしめつける。悦子はそのときに「あう」というような声をあげる。少年は初めて味わう肛交の快美感覚に陶然となりながら、

「おねえさんはどうなの？　痛くない？」

「大丈夫……、亜紀彦クンが激しく動かないかぎりは……」

「感じるの？　気持ちいい？」

「感じてるわ。嘘だと思ったら前をさわってみて……」

亜紀彦は従姉の下腹に手を伸ばしてみた。秘裂はとろとろと蜜を溢れさせて内腿まで濡らしている。クリトリスは包皮をおしのけるようにして膨張し、かたくしこっている。彼女も肛門を若い肉根に貫かれながら、激しく昂奮しているのだ。

「ほんとだ……」

なぜ排泄器官を侵されながら昂るのだろうか。亜紀彦は女体の複雑さに神秘的なものさえ覚えた。

「前もいじって……」

後背位で亜紀彦を受けいれるときに好む愛撫を、やはり悦子は望んだ。そうやって互いに感覚を高めながら、次第に絶頂点へとのぼりつめてゆく若いけものたち。

亜紀彦が達する直前、勃起しきった肉核を強くリズミカルに刺激された悦子のほうが絶頂した。

「う、うああ、わ……あっ！」

吠えるようなオルガスムスの叫びをあげ、脂汗でねっとり濡れた裸身を反らせ、痙攣させ、がっくりと伏せる。その痙攣に伴うしめつけが、亜紀彦を誘爆させた。

「うあ、わあああ」

ドクドクッと精液が腸の奥へ噴射される。腰が溶け崩れるのではないか——というすさまじい快感が亜紀彦をこっぱ微塵《みじん》にうち砕いた。

第二章　義妹・エリカ

1

悦子はロンドンへと飛びたっていった。

その翌日、新しい母親——志津絵がやってきた。

学校から帰ると、玄関の前に引っ越し荷物を積んだトラックが横づけにされていた。

「亜紀彦さん。お父さんが応接間へ来てください、って……」

家政婦が呼びにきた。こっそり耳打ちする。

「新しいお母さまがいらっしゃってるんですよ……」

ちょっと緊張して応接間に入ってゆくと、父親の慎之介が、

「ああ、亜紀彦か。この人がおまえの新しいお母さんだ……」

ちょっと戸惑った様子で言った。父親と向かいあってソファに腰かけていた洋装の女性が彼をふりむいた。

「まあ、こちらが亜紀彦さん……？　絵に出てくるような美少年ね……」

黒島慎之介と再婚した女性、村越志津絵はそう感嘆した言葉を発した。

その言葉は、亜紀彦の耳には入らなかった。

（あっ……！）

身をよじって彼の方を振り向いた、ずっと年上の女性の顔を見たとたん、まるで雷に打たれたような衝撃が亜紀彦の体をつらぬいたからだ。

（あの人だ……！）

一年も前、妖しい夢の中に現れ、彼を抱きしめてくれた裸女。忘れようにも忘れられない官能美をたたえた女性が、今、目の前でニッコリと微笑《ほほえ》んでいる。亜紀彦は、夢を見ているのではないか、とさえ思った。

彼を見つめる瞳には慈母のような光が宿っていて、口元からは白い歯がこぼれる。唇の形は仏像に似てふっくり肉が厚く、顎から頸にかけての、二重顎になる直前の豊艶な曲線が、成熟した肉体の豊満さを象徴している。少年はこれまで嗅いだことのない魅惑的な香水の香りと、典雅なエロティシズムに圧倒された。

「こら、亜紀彦。なんだ、その態度は……。ちゃんとご挨拶しろ」

呆然と立ちすくんで言葉も出ない息子を、父親は苛立った声で叱りつけた。

「ま、そんなに言わなくても……。びっくりしたのよ、私たちが突然にやってきたんですもの……」

とりなす声はしっとりと成熟した女の情感を含んでいる。

「あ、亜紀彦です。よろしく……」

亜紀彦は我に返って、頭を下げた。

「志津絵です。こんど、突然にあなたのお母さんになってこの家に来ましたの。何かといたらないけど、よろしくね……」

（そんなバカな……。夢の中で会ったひとが目の前に現れるなんて……）

まだ目の前の女性が、父親の再婚相手と信じられない思いでいると、

「さあ、エリカ。新しいお兄さまの亜紀彦サンよ。ごあいさつなさい」

志津絵が傍らにチョコンと座っている女の子に命じた。

亜紀彦は、年上の女の存在に目を奪われて、それまでそこに少女がいることに気がつかなかったのだ。

「亜紀彦お兄ちゃん、エリカでーす。仲良くしてね……」

目がくりくりして可愛らしい少女が、おかっぱ頭をぴょこんと下げた。年齢は亜紀彦より少し下だ。

「あ、うん……。こっちこそ……」

女の子のいない家庭で育ったから、亜紀彦は少女と面と向かうと、どうやって口をきいていいか分からない。赤くなってモゴモゴ言うしかない。

それにしても、このエリカという少女も、母親に似て典雅な美貌を受け継いでいる。顔は全体に丸めで、濃いハッキリした眉の下に、つぶらな瞳がキラキラ輝いてよく動く。好奇心は旺盛のようだ。人なつこい笑みを浮かべると白いリスのような、愛嬌のある歯がこぼれる。唇がややまくれあがる、大人だったらコケティッシュと表現する笑いだ。

ちょうど伸びざかりの時期に入ったのか、服から出ている手も脚もスラリと長い。全体に細っこい体なのだが、ハツラツとした態度からは、ひ弱さは感じられない。

（こんなカワユイ子が、ぼくの妹になるのか……。夢みたいだ……）

「これでおまえも兄貴になったんだ。兄貴らしくしっかり面倒をみてやるんだぞ」

慎之介が父親らしさを示そうと、とってつけたように言った。

（よく、夢みたいな——って言うけど、これこそ本当に、夢みたいな話だなあ……）

亜紀彦は、自分の部屋のベッドにゴロリ転がって、天井をにらみつけるようにしながら、新しい母親との出会いで混乱した頭を冷やしていた。

初めて夢精を体験したとき、その夢の中に現れた妖しくも悩ましい美女が、いきなり自分の継母《ままはは》となってやって来たのだ。亜紀彦のショックはなかなかおさまらなかった。

（それにしても不思議だ……。ぼくは、未来のことを夢で見てしまったのだろうか？　だとしたらぼくには超能力があることになる……。まさか……)

夢に見た女性と現実の女性がたまたまよく似ていたというだけで、二つの現象の間には何ら関係がない——と考えることもできる。実際、相当に強い印象を受け、記憶に深く刻みこまれた夢の女性も、一年もたつと細部はおぼろげになる。何もかも似ているとは亜紀彦も断言できるわけではない。ただ全体の印象、雰囲気が驚くほど似ているというだけだ。

(やっぱり、偶然の一致なのかなぁ……)

それが一番、受けいれやすい考え方だ。だいたい、世の中の人間は皆どこか誰かに似ているものだ。

家の中では、志津絵とエリカの荷物が運びこまれている。様子からして、志津絵は母屋の奥の部屋に入ることになったようだ。

そこはベッドのおかれた洋室と、納戸兼用の和室が続きになった寝室で、かつては慎之介も妻と共にそこで眠っていた。妻が死んだ後、夫はその部屋を嫌い、離れで眠ることにしたので、長い間使われていなかった。

性愛の世界を知ってしまった少年は、どうしても、父親と志津絵の夜の生活のことを考えてしまう。

(別々の部屋に住むとして、セックスはどっちの部屋でするんだろう？　やっぱり離れに呼ぶのかしら……）

父親の愛人だった悦子は、セックスのときだけ呼ばれて、真夜中には自分の部屋に戻ってきた。決して離れに泊まったことはない。だとすると新しい母もまた、セックスのときだけ呼ばれて離れに赴《おもむ》くことになるのだろう。

（いけない、立ってきちゃった……！）

父親に奉仕していた従姉の姿にダブらせて美しい継母のことを考えたとたん、亜紀彦は勃起してしまった。

コツコツ。

ちょうどその時、ドアがノックされた。

「はい？」

「亜紀彦兄さん……？　はいっていい？」

女の子の声。エリカだ。亜紀彦はベッドからあわててはね起きた。勃起しているところを見せるわけにはいかない。机に向かって座り、脚を組んだ。

「いいよ」

突然、亜紀彦の妹になってしまった少女が、人なつっこい笑みを浮かべながら入ってきた。細い手足を優雅にも見える仕草でくねらせスルリとドアから滑りこんでくる。亜紀彦は、以前飼っていた猫の、しなやかな動作を思い出した。

エリカは二階の一室を与えられたのだ。好奇心の強そうなこの少女は、さっそく亜紀彦のことを探索にきたらしい。

「引っ越しは終わったの？」

「うん。だいたい片づいたところなの。エリカのお部屋、お兄さんの向かいなのね」

「ああ。もともとお客さん用の部屋なんだけど、ほとんど使ってなかったんだよ……」

「隣のお部屋は何？」

「由紀彦兄さんの部屋さ。いまアメリカの高校に留学してるんだ」

「ふうん……」

亜紀彦の部屋を見渡して、彼より二つ年下の少女はびっくりしたような声をあげた。

「わあ、いろんなものがあるのね！　これ、なあに？」

亜紀彦は中学校に入ってからゲーム熱にとりつかれ、今では自分でパソコンをいじり、ゲームを作るようになった。そのための機械類が机の上や本棚を占領している。

日常ではめったに息子と口もきかない慎之介だが、小遣いは悦子をとおしてふんだんに与えてくれる。おかげで、かなり金をつぎこんだハードウェアが揃っている。

「これはね、ぼくが自分で組み立てたコンピュータさ。いま、自分だけのゲームソフトを作っているんだよ」

女の子としゃべるのは苦手な亜紀彦だが、趣味のことになると別だ。

途中まで作ったゲームのプログラムを動かしてみせたりするうち、今日初めて会ったばかりの美少女とも打ち解けてきた。それに、話してみると、パソコンの仕組みや操作についても理解が早い。

（へえ、カワユイばかりじゃなくて、頭もいいんだ……）

亜紀彦はエリカの利発さに感心すると同時に、うれしくなった。これまで彼のやっていることに興味を示してくれたものは誰もいなかったからだ。

エリカはエリカで、亜紀彦がゲーム画面のデザインまでやっていると知って尊敬した表情になった。

「へえーっ、お兄さんてすごい天才なのね！」

「天才？　そんなことないよ。いまどき、これぐらいのゲーム、誰でも作るもの……」

亜紀彦は赤くなった。それでも悪い気はしない。

ひとしきり遊んだあと、エリカは窓のところに立って、外を眺めた。

「こっちは緑が多いのね。庭の芝生もきれいだし、最高……」

高輪のマンションの周辺はマンションやビルが多いところで、部屋からはあまり緑が見えなかったという。だから、この邸に引っ越してきたことを喜んでいる。

「ね、あの建物はなあに……？」

開いた窓から身をのり出すようにすると、襞のついたミニのジャンパースカートが上のほうへずり上がり、

（あれあれ……）

後ろから眺めている亜紀彦の目に、すんなりと伸びた若鹿のように新鮮な脚線が、腿のずっと上のほうまで露わになってしまう。そのうち、とうとうクリッと丸いヒップを包んでいる白い下着が覗いてしまった。

（わ、パンティがまる見えだ……！）

裾まわりにヒラヒラのフリルがついた、いかにも可憐な少女のためにデザインされたようなパンティだ。伸縮性の強い布地でできているのか、底の部分がくっきりと縦のシワを見せて谷間に食いこんでいる。

（へえ、まだ五年生なのに、おしゃれな下着だなあ……）

ドキッとしながら、それでも美少女のかわいらしいお尻のまるみにぴったりと貼りついたパンティから視線を離せなくなってしまった。鎮《しず》まっていたペニスがまた突然に勃起しだし、勢いよくブリーフの下で自己主張しだした。

（う、痛いや……！）

思わず股間を押さえてしまうほどの強烈な勃起だ。

（不思議だなぁ、ぼくより小さい女の子を見て立つなんてこと、なかったのに……）

自分でも驚いてしまった。悦子に性愛遊戯を教えられてから は、結婚している女教師や体操着になったとき、発育のよいクラスメートの女の子の肢体が眩しく見えることがあるが、小学生の少女のパンティが見えただけで昂奮したことは初めてだ。

（どうしてだろう？　エリカは妹なんだから、勃起なんかしちゃいけないのに……）

そういえば育ちざかりの少女の細っこい体から匂う乳くさいような体臭も、なんとなく悩ましい。

年上の少年が、自分のお尻を見て激しく欲情したなどとは夢にも思わないエリカは、亜紀彦のベッドに腰かけ、脚をぶらぶらさせながらいろいろな話をしだした。問わず語りに母と娘の身の上のことも打ち明けた。

――志津絵の亡父、つまりエリカの父親は、社員が数人という小さな貿易会社を経営していた。

一時はカナダやアラスカ方面から毛皮を輸入して順調にやっていたが、エリカが幼稚園のころから経営が不振になり、やがて多額の負債を背負って倒産した。

「借金を返すために、代々木に住んでいた家も売って、下町のほうに小さなアパートを借りて引っ越したの。その時は、子供でなにも分かんなかったけど、みじめな気持ちだったわ。周囲の環境もガラリと変わってしまったし……」

仕事での失敗が父親をまいらせたのか、彼は酒を呑むだけで何もしなくなった。母親は家計を助けるために銀座のクラブに勤めるようになった。

「エリカが小学校に入ってから、とうとうパパは体を悪くして入院し、あっという間に亡くなってしまったの。肝臓がダメになっていた、という話だけど……」

どうやら、エリカの話を聞いただけでも、この母娘はあまり幸せとはいえない暮らしをしてきたようだ。

「ママが、慎之介おじさまと会ったのは、その後なのよ。おじさまがお金をだしてくれたので、高輪のマンションに移り、ママはクラブ勤めをやめて、銀座に小さなブティックを開いたの。そのお金も、おじさまが出してくれたみたい。だからママはいつも、おじさまに感謝しなければいけない——って、私に言うのよ」

高輪のマンションに移ってからは、慎之介はしばしばやってきて、泊まってゆくようになった。幼かったエリカは、それを当たりまえのように受けとめていた。

そのうち、だんだん大人の世界のことも分かってくると、テレビにもよく出ている「慎之介おじさま」が誰だか分かるようになった。

「だから、急に慎之介おじさまと結婚することになった、って言われたときは、エリカもびっくりしちゃったわ」

「ふうん……。そうかぁ……」

亜紀彦はいちいち驚くことばかりだ。

慎之介はマスコミには「パーティで知り会った」と言っていたが、実際のところは、クラブでホステスをしていた志津絵と、店で知り合ったというのが真相なのだ。


――数日後、都内の教会で内輪だけの結婚式が行なわれた。

参列者はごく内輪の人間だけに絞られたが、人気スターの再婚だけにテレビ局や雑誌などの取材陣も多数つめかけ、皆いちように、純白のウェディング・ドレスを纏った志津絵の、気品のある美しさに瞠目していた。

（へえ……、お母さんは花嫁衣装を着ると娘みたい……）

ほんのり頰を上気させた志津絵が、祭壇の前で誓う姿を亜紀彦はうっとりと眺めていた。

彼の内部では父親の再婚相手をごく自然に「お母さん」と呼べるようになっていたのだ。

しかし、かたわらでは兄の由紀彦が、むっつりと怒ったような顔をしている。

彼は前日、父親の結婚式に出席するため、カリフォルニアから帰国してきたのだ。本場でアメリカン・フットボールを修行中の少年は、いちだんとたくましい体になり、体からは獣のような男くさい匂いがたちのぼり、亜紀彦は少し辟易《へきえき》した。

(アメリカの食べ物を食べてると、こんなふうに体臭が強くなるのかな……?)

その兄は、式が終わってから近くのホテルの一室を借り切って行なわれた宴席でも、終始むっつりとして口数も少なく、時々、新婦——自分の新しい母を睨みつけるようにする。やがて披露宴も終わった。二人きりになると、由紀彦は弟に向かって、いかにもいまいまし気に言ったものだ。

「おい、あの女には気をつけろよ。親父をたらしこみやがって、ロクなもんじゃないぜ」

亜紀彦は、兄が美しい継母を嫌っていると知ってショックを受けた。

「どうして? きれいだし優しそうだし、いいお母さんみたいじゃない」

「ばーか。おまえは女ってものが分かってないんだ。女なんて顔と心は全然違うんだ」

そういう由紀彦だってまだ十七なのだが、アメリカでフットボールに明け暮れているうち、それなりの体験は積んできたのだろうか。大人びた口調で亜紀彦に言うのだった。

「親父も何を考えてんだか。どこの馬の骨か分からない女と結婚したりして……」

この長男は、自分には甘い父親を亜紀彦ほど恐れていない。声を低めもしない。

「いいか、亜紀彦。親父にいま、万一のことがあったら、どうなると思う？」

「え、万一って……？」

亜紀彦がキョトンとした顔になると、

「ばか、死んだらってことだよ。そうしたら親父の持っている財産の半分は、あの女のところに行くんだぞ」

「だって……、結婚したんだから当然のことじゃない？」

「なにが当然なもんか」

由紀彦はいまいまし気に唸《うな》った。

「おまえ。親父の財産、今いったい幾らあるのか知ってるか？」

「知らないよ、そんなこと……」

兄は目をギラつかせて耳打ちした。

「あの邸の土地だけで、十億円はする」

「えーっ、そんなにぃ？」

「そうさ。最近になって何倍にも値が上がったからな。それに伊豆の別荘だって一億円は下らない。離れには何千万円という絵や彫刻や骨董がゴロゴロしてる。株だって、ずいぶん持ってるし、会員権のやたらと高いゴルフ場に三つも四つも加盟している。K――カントリー・クラブなんて、会員権が二億とも三億とも言われているんだぜ……」

「……」

「他に親父が社長になってる事務所が、六本木にサパークラブとバーを経営している。税金逃れで儲かってないように見せてるけど、本当は儲かってると思うな。おまけに、あの女にやらせてる銀座のブティックも、けっこう稼いでいるはずだ。何やかやで……、そうだな、親父の財産は二十億円といったところかな」

「二十億円……！」

あまりにも莫大な金額で、亜紀彦には実感が伴わない。

「親父は、役者なんて体が元手の商売は、さきゆきが不安だから――といって、金が入ると株を買ったり、商売につぎこんだりして、次第に財産を増やしていったんだ。つまり、おれたち子供が不自由しないようにだ」

父親に愛されている長男の由紀彦には、それらの財産はゆくゆくは自分のものだという確信があるのだろう。

「親父に結婚指輪をはめてもらっただけで、あの女はおれたちの財産を半分、つまり十億円ぶん手に入れたってわけだ……」

そうなると、自分の手に入るのは残りの半分のさらに半分、つまり四分の一の五億円にしかならない。それで由紀彦は憤慨しているのだ。弟は、まだ父親が健在で活躍しているのに、もう遺産のことを考えている兄の計算高さに驚いてしまった。

「じゃ、兄さんは、新しいお母さんが、パパの財産ほしさに結婚した——って言うの？」

「そうさ」

「だって……、悦子ねえさんは、写真週刊誌に一緒にいるところの写真を撮られたから、むりやり結婚させられることになった——って、言ってたよ」

「そこだ。おまえ、不思議に思わないか？　親父はバカじゃない。そういうことには昔から用心深かった。おまけに今は、プレイボーイのイメージから家庭的な頼れる父親像へ転身したところだろう？　よけい気をつかっていたはずだ。それなのに、マスコミに見つかってしまったというのがおかしい」

「どういうこと？」

「誰かがタレこんだんじゃないか。こういう結果になって、一番得するやつが……」

「そんな……」

亜紀彦はまた言葉を失なった。自分の兄は、志津絵が自分から慎之介との関係をマスコミに売りこんだのだ——と疑っている。

由紀彦は半信半疑の弟に命令した。

「おれはフットボールの選抜合宿があるから、すぐアメリカに戻らなきゃならん。だけど、おまえはあの女のことをよく注意してるんだぞ。何かヘンなことをしないか……」

「注意しろ、といったって……」

「たとえば、外から頻繁に電話がかかってくるとか、こっそり誰かと会っているとか、妙なものを親父に食べさせたり飲ませたりするとか、危ないことをさせたがるとか……。とにかく、なんでもいいから注意して観察していろ。おれも親父には、それとなく言っておくからさ……」

そう言い残して、父親に似て独善的な考え方をし、物欲も強い長男は、翌日には早くもアメリカに戻っていった。

2

志津絵母娘の、黒島家での生活が始まった——。

志津絵は、結婚してからもブティック経営の仕事を続けたいといい、慎之介もそれを許した。週日は毎朝、自分専用のサーブに乗って出かけて、暗くなって帰ってくる。

「あの女の行動に注意しろ」と兄の由紀彦に言われたが、亜紀彦が見るかぎり継母の行動に不審なところは何もない。

どこから見ても、淑《しと》やかな妻であり母である。亜紀彦のことについても、何くれとなく世話をやいてくれる。

「いやあ、よく出来たひとだなあ」

慎之介の仕事の関係でやってくる客が褒《ほ》めるのを、亜紀彦は耳にしたこともある。

エリカのほうは、去年まで亜紀彦が通っていた公立小学校に転校してきた。開放的で人なつこい性格の美少女は、たちまちクラスの人気ものになったようだ。ものおじしない、あっけらかんとした性格は従姉の悦子によく似ている。

家に帰ってきても、おとなしくて部屋にひきこもってパソコンに熱中している義理の兄の部屋にやってきては、何かと話しかけ遊び相手にしようとする。

（まるで、猫にじゃれつかれてるみたいだな……）

それはいいのだが、困るのは、新しい妹が日に日におとなびてゆくことだ。

十二で精通を体験した義兄に対し、エリカのほうは今年――十歳で初潮を迎えている。彼女の肉体は、この邸にやってきた頃から目ざましく変化しだした。

ある日曜日、遅くまで眠っていた亜紀彦は庭の芝生から聞こえるポップス音楽に目を覚まされた。

「ワン・ツー、ワン・ツー！」

かけ声を叫んでいるのはエリカだ。

（あいつ、いったい何を騒いでいるんだ……？）

眠い目をこすりながら起きて、庭に面した窓を開けた亜紀彦は、一瞬にして目が覚めた。

梅雨の合間の、カラリと晴れた日だ。燦々《さんさん》と陽光を浴びて、パステル・ピンクのレオタードを着けたエリカが、緑の芝生の上で跳ね、躍っている。

（うわ、エリカ。いつの間にかあんなに……！）

亜紀彦は、初めて見るエリカの肉体の線に驚いた。手と脚がヒョロリという感じに長いので、服を着ていると子供こどもした肉体に見える。それにだまされていたのだ。

いま、体にぴったり密着した半袖のレオタード姿になった少女は、意外にも胸のふくらみもヒップの張り出しも豊かで、充分に女らしい曲線を描いているではないか。太腿もムッチリとした感じで肉がついてきた。

運動神経が発達して、音楽やダンスが好きなエリカは、転校してきた小学校でやっているリズム・ダンスのサークルにさっそく参加した。

それがよほど気にいったのか、「私、将来はダンサーになる」などと言い出すぐらい、毎日熱心に練習している。

発表会も近いというので、晴れた日曜日を利用して、芝生の庭で練習をはじめたのだろう。亜紀彦が彼女のレオタード姿を見るのは、それが初めてだった。

(うーん……！)

若い牡である亜紀彦にとって、妹になったエリカの、バネのように弾力を秘めたしなやかな肉体、艶やかな肌は、陽光より眩しく映った。朝立ちしていたペニスが、グーンと勃起しだす。ブリーフを突きあげる肉根は鉄のように硬くなった。

(まいったな、朝からエリカのこんな恰好、見せられて……)

思わず股間を押さえたとき、跳ねまわっていたエリカが、二階から見下ろしている義兄に気がついた。

「おはよう、亜紀彦兄さん！　ごめんね、起こしちゃった？　でも、とってもいい天気だから、お兄さんも一緒にやんない？」

「じょ、冗談じゃないよ……」

エリカの動きを見ていると、小学生のリズム・ダンスだからといって馬鹿にできない。あんな複雑な演技が自分にできるとは思えなかった。しかも激しく勃起している。彼はあわてて、エリカの少女のエロティシズムを含んでいるレオタードから目をそらした。

亜紀彦が服を着て階下の食堂に下りてくると、練習を終えたエリカが、芝生の上に敷いたタオルの上に寝そべっている。休みながら日光浴というわけだ。あおむけになって、やや腿を開き気味にしている。そうするとレオタードの伸縮性のある布地が食い込んでいる股の部分がよく眺められた。

（へえー、エリカのやつ、あそこも発達してきたな……）

亜紀彦の視線は自然に、パステル・ピンクの布地をもちあげている悩ましい恥丘の部分へゆく。

（もう、毛は生えているのかな……？　エリカのあそこは、どんなふうになっているんだろう？）

家政婦が用意してくれた朝食を食べながら視線はチラチラと、戸外の妹の姿へゆく。股間では悦子が去って以来、柔らかい肉の感触を味わっていないペニスが、ズキズキと疼いている。

そんな兄の悩ましい気分を知ってか知らずか、日光浴しながらも脚を上げたり曲げたり、ときにはハッとするような卑猥に近いポーズで柔軟体操をしてみせるエリカだ。

ほどなく夏がきた。その夏は、亜紀彦にとって一番悩み多い夏になった。

エリカはぐんと薄着になった。家にいる時はもっぱら、太腿が半分以上見えるショートパンツかミニスカート。上はTシャツか、肩も露わなタンクトップという恰好をする。日曜日ごとの芝生でのリズム・ダンスも習慣になった。このごろは少女用のレオタードでも、きわどいまでのハイレッグなので、いやでも恥丘の輪郭に目がいってしまう。日ごとにふくらんでくる乳房は、もうジュニア用のブラジャーを必要とするほどふくらんできたが、家ではあまり着けたがらない。だから、Tシャツごしに乳首が透けて見えたり、タンクトップの時など、前かがみになると清楚なピンク色した乳首そのものが亜紀彦の目に飛びこんできたりする。

ある日などは、学校から帰ってくると、エリカは居間のソファで昼寝をしていた。寝がえりを打った拍子にミニスカートがすっかりまくれあがり、淡いピンクのビキニのパンティを着けた下腹が可憐な臍《へそ》のあたりまでまる見えになっていた。亜紀彦は、妹の体の上におおいかぶさって犯したい欲望と必死に戦わねばならなかった。

エリカは自分の肉体が、性欲の強まる時期の義兄にどんな影響を与えているのか、まるで分かっていないようだ。風呂上がりの体にバスタオル一枚巻きつけたままの恰好で、無邪気に家の中を歩き回ったりする。

（まいったな……。エリカがいると、何にも考えられなくなっちゃう……）

悦子がいなくなってからはオナニーで溜まった欲望を吐き出すしかない。ところが、たった今放出したばかりでも、甘酸っぱい匂いを放つ妹とすれ違っただけで、すぐに亜紀彦のペニスはいきり立ち、彼を当惑させるのだった。

——そんなある日、亜紀彦は意外な光景を見てしまった。

日曜日、パソコン少年たちの集まりに参加して、夕刻に帰ってきたときのことだ。

家の中にエリカの姿がない。

(どこに行ったのかな……)

姿を見れば見たで心を乱される義妹だが、いなければいないでやはり寂しい。

キッチンで夕食の仕度をしている家政婦に尋ねると、

「エリカはどこに行ったの?」

「奥さまのお部屋に呼ばれていきました」

「へえ……」

志津絵の寝室は母屋の一番奥にある。エリカは別だが、亜紀彦の立ち入る領分ではない。

「エリカちゃん、お仕置きされてるんですよ……」

中年の家政婦は、忍び笑いしながら耳打ちした。

「えっ、お仕置き?」

「そう。今日、お友達の誕生パーティに呼ばれたんですけど、エリカちゃん、そこではしゃぎすぎたみたい。奥さま、大変怒ってらして……。まったく、懲りない子ね……」

家政婦の口ぶりでは、エリカがお仕置きされるのは、これが初めてではないようだ。

(へえー、あんなに優しいお母さんなのに、お仕置きなんて……)

意外に思いながら居間に入ったとたん、

「あーっ、ママ、許して……！」

廊下の奥からエリカの悲鳴が聞こえてきた。続いてパンパンと何かを叩《たた》くような音。

廊下の突き当たりは母親の寝室だ。びっくりした亜紀彦は耳をそばだてた。

志津絵が何か叱りつける声。またパンパンと音がして、

「あーっ、ごめんなさい！」

エリカが泣きながら許しを乞《こ》うている。

早くに母親をなくした亜紀彦は、生まれつきおとなしい子供だった。彼自身は誰かにお仕置きされたという経験はないのだが、その音の意味はすぐに理解できた。

(お尻を叩かれてるんだ……！)

その時、亜紀彦の胸に、妹に対する同情とは別に、好奇心が湧き起こった。

(エリカのやつ、どんなふうにお尻を叩かれてるんだろう？)

スカートをまくられ、パンティをひきおろされ、お尻をまる出しにされて叩かれているのだろうか。その光景を想像しただけで、亜紀彦の股間が熱くなり、ズーンと疼きだした。胸がドキドキしだし、

（見たい……）

そう思った。

だが、まさかドアを開けて母親の寝室に入ってゆくわけにはいかない。離れが父親の聖域だとすれば、寝室は志津絵の聖域だ。

考えをめぐらした。

（窓からなら、見られるかも……）

寝室には西側に面して窓がある。その向こうは塀で、家との間にはみっしり灌木類が植えこまれていた。

（よし……）

テラスのサンダルをひっかけ、こっそり母屋の裏手へ回った。

植え込みの間を足音を忍ばせながら近づくと、

「あーん、痛ぁい。ごめんなさい……」

エリカの哀れな泣き声と、

「ほんとに、いくら言っても分からないんだから……」

厳しく叱る志津絵の声がハッキリ聞こえる。窓は開けはなたれている。

パンパン！

柔らかい肉を打ち叩く音が、また断続した。

（ずいぶんしっかり叩かれている……）

亜紀彦は感心した。いつも柔和な笑顔を浮かべている志津絵と同一人物とは思えない。窓の下に忍びよると、胸をドキドキさせながらそうっと伸びあがり、室内を覗きこんだ。

（あっ……！）

びっくりした。

ダブルサイズのベッドの縁に志津絵が端麗な横顔をこちらに見せて腰をおろし、膝の上にエリカをうつ伏せに乗せている。エリカの頭は向こう、お尻が窓がわに向いていた。

志津絵は江戸小紋の訪問着姿だが、エリカはまる裸だった。

すぐ傍の床に、およばれ用のドレスが脱ぎちらかっている。お仕置きの前にみんな脱がされてしまったのだ。

まだ青いリンゴを思わせる、硬質なまるみを帯びたふたつの尻朶が、真っ赤に染まっている。母親の手でビシビシと強く、何度も何度も叩かれたのだろう。

（これじゃエリカも泣き叫ぶわけだ……。でも、まっぱだかにしちゃうなんて……）

ふだんは穏和な物腰の志津絵が、自分の娘をお仕置きするとなると、別人のように厳しい表情と態度だ。

「ママぁ……、ごめんなさい。もう許して……」

さんざん尻を打たれたエリカは、母親の和服の膝の上で、泣きながら訴えている。

「まだまだよ。こんなものじゃエリカはまだ懲りないんだから……」

冷たい声でいい、また右腕をふりあげ、
パン！

小気味よく少女の張りつめたヒップを打ち叩く。

（わ、エリカのあそこ……）

義妹のお尻を真正面から眺める位置にいる亜紀彦は、あんぐり口を開けてしまった。

エリカの上体は、頭が床の絨毯につくぐらい下向きになっているから、お尻は逆に天井の方を向いている。母親に激しく尻をぶたれる度に、少女は苦痛に耐えかねたようにすんなり長い足をバタバタさせるのだが、そうすると、お尻の割れ目から下腹のほう――彼女の秘められた部分がまる見えになって、亜紀彦の目に飛びこんできたからだ。

（……！）

全裸の妹の秘部まで見ることになった亜紀彦は、体は氷のように固く、ペニスは焼けた鉄のように熱くなる。ズボンを破らんばかりの激しい勃起だ。

エリカの秘部はまだ無毛に近い。だから、暴れるたびに肉体を縦に走る亀裂がクッキリ見える。

大陰唇はふっくら盛り上がってきているものの、亜紀彦が見た従姉の秘部とは違って、亀裂そのものは清楚な眺めだ。

唇にたとえると、悦子のは娼婦的な笑みを湛《たた》える妖艶《ようえん》な女の唇とすれば、エリカのそれは、キッパリと口を結んだ純情な少女の唇だ。花びらはまだ亀裂の奥に折りたたまれているのだろう、生殖溝は柔肉を切り裂いたような傷口のようだ。

「あーン、ママあ、かんにんしてぇ……。あーっ！」

バシバシと容赦ない打撃を尻に受けるたびビクンビクンと若鮎《わかあゆ》のように新鮮でみずみずしい裸身をのけぞらし、淡褐色のアヌスのすぼまりまで見せてヒップをうちゆすり、泣きじゃくる少女。

母と子の懲罰の儀式を眺める亜紀彦は、寝室全体にたちこめる濃厚なエロティシズムに酔わされた。

本来なら、残酷に尻を打たれる可憐《かれん》な義妹に同情するのだろうが、不思議なことに、彼の心の奥ではもっと残酷な打擲《ちょうちゃく》を望んでいる。エリカがもっと泣き叫び、苦悶するのを期待している。

だが、両方の尻朶が真っ赤に染めあげられたところで、志津絵の叱声がやんだ。

「……」

部屋の中に静寂がたちかえった。ときどき美少女が思いだしたようにしゃくりあげる。

「わかった？　エリカはもう、昔のエリカじゃないのよ。あなたは黒島慎之介という人の娘という目で見られているんだから、それなりに考えて行動しなきゃ……。でないと、お父さまの名前に傷がつくのよ」

「はぁい……」

そう諭《さと》すように言い、赤く腫《は》れあがった娘のお尻をそうっと撫でてやる母親だ。

「それじゃ、晩ごはんまでお縛りよ。さあ、立ちなさい」

「あーん、またお縛り？」

泣き止んだばかりの娘が、母親の膝から起き上がると、口をとがらすようにした。

「何を言ってるの。これでお仕置きをやめたら、エリカはアッという間に何もかも忘れてしまうでしょう。お縛りでシッカリ反省しなさい」

「………」

寝室は、桐の箪笥《たんす》などを置いてある納戸兼用の和室と隣りあっている。寝室とは引き戸で区切られていて、その真ん中に角柱が立っている。志津絵はまる裸のまま、娘をその柱を背に立たせた。

「さあ……」

促《うなが》されると、シオシオという態度で後ろに手を回す。志津絵は手にした扱《しご》きを娘の華奢《きゃしゃ》な手首に巻きつけた。それまで志津絵の意図を計りかねていた亜紀彦は、目を丸くした。

（エリカを縛っちゃうんだ……）

お仕置きの形態にもいろいろある。どこの家庭でも一般的なのは、「閉じこめ」といわれるものだろう。押入や物置など、子供が怖がる場所に閉じこめてしまう、いわば心理的な懲罰である。また、家の中に入れない「締めだし」も、よく行なわれる。

「お縛り」というのも心理的懲罰の一種で、庭の立木、縁側の柱などに子供をある程度の時間くくりつけておく方法だ。活発な子供の自由を奪うという苦痛の他に、たとえば他者に屈辱的な姿を見られるという羞恥心が懲罰になる。

こういった心理的懲罰は、「お尻叩き」あるいは「お灸《きゅう》」などといった肉体的懲罰が一過性なのと違って、一定時間、親の権威を思い知らせ、反省を要求するという点で効果がある。教育関係者や児童心理のカウンセラーは、お仕置きをする際、肉体的懲罰と心理的懲罰を組み合わせたほうが、躾《しつけ》の効果が大きいと言っている。

志津絵の言うとおり、活発で好奇心の旺盛なエリカは、お尻をぶたれても、終わったとたんにすべてケロリと忘れてしまうような娘だ。そのために、彼女は心理的懲罰としての「お縛り」をとりいれたものらしい。あるいは自分がそのように躾られたのかもしれない。

二人の様子から察するに、この母が娘を縛るのは、これが初めてではない。

赤い扱きがシュルシュルと小気味よい音をたてながら、うなだれている美少女の後ろに回して重ねた手首を縛り合わせ、さらに、柱に巻きつけられる。縛りかたには熟練が感じられ、動きにムダがないのだ。

さらに細紐が持ちだされ、胴体のくびれの部分、両足首の部分でそれぞれ柱に固定してしまう。これで、活発で敏捷《びんしょう》な少女も身動きできないようにされてしまう。

「ママ……、お縛りはイヤ。これからは他のお客さまの前では大人しくするって約束するから、許して……」

エリカは、お尻を叩かれる以上にお縛りが嫌いらしい。愛らしい頬にまた涙が伝う。

「だめ。これまで何度もそう言って、そのたんびに約束を破ったのはエリカのほうでしょう。ママ、今日という今日は、本格的にやりますからね」

ピシリと言い捨て、洋服タンスに歩みよると、白い布きれを取りあげた。

「さっ、アーンして」

「いや……。あ、グ……くっ」

少女の口がこじあけられ、丸められた布きれを押しこめられた。目を白黒するエリカ。

(あれは、お母さんのパンティだ……)

亜紀彦は驚いた。継母は自分のパンティを娘の猿ぐつわにしたのだ。もちろん洗ってあるから汚いものではないが……。

考えてみれば女性のビキニのパンティなどは丸めてしまうと掌の中におさまるぐらいだ。猿ぐつわにする布片としてはちょうどいい。

志津絵はさらに豆絞りの手拭いで口を覆ってしまう。そうすると布きれを吐き出すことができなくなる。

「むー……」

発声まで禁じられ、エリカはいかにも哀れな目をする。

「どう？　こんな恰好にされて……。そうだ亜紀彦クンにでも来てもらって、エリカを見てもらおうか。いけないことばかりする妹が、こうやってお仕置きされてる——ってところを見たら、亜紀彦クン、どう思うだろうかな？」

義兄の名を出されたとたん、全裸で柱に縛りつけられた少女は、顔を真っ赤にした。耳朶まで桜色になった。また、思いがけなく自分の名前が継母の口から飛び出したので、窓の外の少年もギクッとした。

「恥ずかしいでしょう？　そのうち、ほんとうにお兄さんに見てもらいますからね……」

そう言い捨てて、志津絵は寝室を出ていった。

（エリカ……）

こっそり覗き見していた亜紀彦は、目の前の出来ごとを信じられない思いで眺めていた。あの優しい、温厚な母親が、可愛い娘をまっぱだかにして、真っ赤に腫《は》れあがるまでお尻を叩き、さらに、その恰好のまま柱に縛りつけて猿ぐつわまでして放置するとは……。

しかし、覗き見している亜紀彦を窓のそばで凍りついたようにしてしまったのは、縛りつけられたエリカの、なんともいえずみずみずしい裸身だった——。

全裸の美少女は、母親の寝室に一人とり残されると、観念したようにひっそり動かなくなった。生ぬるい午後の空気が淀み、時間も歩みを止めたようだ。ふくよかな白い胸とお腹《なか》が上下していなければ、まるで塑像《そぞう》のようだ。

（なんてかわいいんだ……！）

窓から窃視する兄も、しばし時間を忘れて妹の緊縛された裸像に見惚《みほ》れていた。

彼の視線はエリカの斜め後ろから送られているので、彼女が首をねじまげて振り返らないかぎり存在を気づかれるおそれはない。少年は思うさま、二つ年下の少女のヌードを舐めるように眺めることができた。

母親に打ち叩かれて赤く腫れあがった、むきだしのお尻のさまがいたいたしい。だが、亜紀彦はふと、部屋に入りこんで、自分もまた思い切り、エリカのくりくりっと丸い尻を叩いてやりたい衝動に駆られた。

（ばか、ヘンなことを考えるな……）

可愛い妹を虐《いじ》める――。今まで考えたこともない妄想が湧いてきたのだ。それは亜紀彦を狼狽させた。

（お母さんが、何かの用でぼくを探すかもしれない。見つからないうちに戻ろう……）

ひょっとしたら、奇怪な欲望に負けて妹を襲ってしまうかもしれない。その恐れが亜紀彦を窓から遠ざけた。

猿ぐつわを嚙まされた顔を伏せてしおらしく解放される時を待っている妹に、未練がましい視線をもう一度投げかけてから、亜紀彦はこっそり自分の部屋に戻った。部屋に帰ってから気づくと、自分のブリーフはねっとりした液で濡れ濡れだった。

（すごく昂奮したんだ……）

妹の裸身を覗き見して激しく昂奮した自分に呆れながら、まだズキズキ脈打っている欲望器官を握り、今目撃したばかりの信じられない光景を思いだしながら自慰に耽りだす亜紀彦だった……。


エリカは、一時間ほどしてから解放された。

自分の部屋にいた亜紀彦は、エリカが自分の部屋に入る足音に耳をすませた。

ふだんなら賑やかに動きまわり、鼻歌を歌ったりしてうるさいのが、部屋に入ったあとはシーンとして動く気配がない。

(あいつ、お母さんに叱られたので、さすがにシュンとしてるのかな……?)

あまりひっそりとしていると、かえって気になる。

(遊び相手になって、慰めてやろうか……)

兄貴らしい気持ちになった。エリカの部屋を訪問しようと廊下に出た。

(あれ……!?)

ハッとして立ちどまった。

義妹の部屋のドアごしに、呻き声が洩れてきたからだ。

「あ、はあはあ……っ。く、くくく……」

痛みを必死でこらえる者が吐き出すような、啜り泣きにも似た呻き。

（どうしたんだろう……？）

ドアをノックしようとした手がとまった。

（ひょっとしたら……⁉）

切迫した呼吸。喘ぎ。微《かす》かなベッドの軋《きし》み。亜紀彦はまた息を呑んだ。

（オナニー……⁉）

あの無邪気そうな顔をした可愛い妹が、一人前の性欲につきあげられ、オナニーを覚えているなどとは信じられなかった。

だが、彼女の部屋から洩れ聞こえる切な気な呻きは、まさしく性愛行為に耽溺する女性のものだった。従姉の悦子は、よく亜紀彦に自分の器官を触らせ、嬲らせては同じような呻きを洩らしたものだ。

（本当に、してるのだろうか……？）

亜紀彦はドアの前に跪き、そうっと鍵穴に目を押しあてた。この日二度目の覗き見だ。

（……！）

鍵穴をとおした狭い視界の中に、ベッドにうつぶせになったエリカのまるい尻がくねっていた。

上半身は見えないが、腰から下が見える。床にはよそゆきのドレスが投げだされ、少女が身につけているのは白いスリップとパンティだけだ。そのパンティは膝のところまで脱ぎおろされ、さっき充分に眺めたばかりの、青い林檎《りんご》のように新鮮なまるい尻が完全に剝きだしになっている。

部屋に入るとすぐ、洋服を脱ぎ、ベッドカバーの上に倒れこんだもののようだ。

臀部の腫れは一時間のうちにずいぶんひいて、母親に叩かれた痕跡はうっすらとしたピンク色でしかない。

「はあ、はあ……っ。むー……ン」

悩ましい、甘く啜りなくような呻きを洩らしつつ、美少女はヒップをくねらせている。亜紀彦の視角からはよく見えないのだが、どうやら彼女の左手がうつ伏せになった肉体の下になり、股間にあてがわれているらしい。

（やっぱり……）

さっき放出したばかりなのに、再びあられもないエリカの姿を覗いて、亜紀彦の疲れを知らない欲望器官はムクムクと膨張しだした。

それにしても、五年生でもうオナニーを覚えた義妹の早熟さに、少年は驚いた。

（ぼくだって六年だったのに……）

亜紀彦の右手はそうっとブリーフの下に伸びて、はちきれんばかりに布地を押し上げている熱く脈動する肉茎を握りしめた。

兄に窃視されているとも知らず、エリカはしきりに自分の秘部を愛撫している。まだ、包皮の上からクリトリスを揉むようにするだけの、幼稚といえば幼稚な技巧だが、それで充分快感を味わっているようだ。

やがて——。

「あ、あっ……！　う……ン」

短い、鋭い、鳥の啼《な》くような声を張りあげたと同時にビクンと白いたおやかな裸身が痙攣した。悦子の示したような、あられもないよがり声をはりあげ、のたうち回る乱れようではないが、それでも性感が絶頂に達したことは、若い鹿のような脚が爪先までピインと伸びて小刻みに筋肉が顫えたことで分かる。

幼いなりに、確かに十一歳の美少女は自己愛撫でオルガスムスに達したのだ。

「む……」

そのとき、亜紀彦も低く呻き、ブリーフの下に熱いものをドクドクと噴きあげた……。

夕食のとき、志津絵とエリカはなにごともなかったような様子で、いつもどおり仲のよい母娘だった。ただ、食卓で自分の隣に座った妹の体から、ふだんより強い、甘酸っぱい肌の匂いを嗅いだ気がして、亜紀彦はまた勃起した——。

（エリカがオナニーしたのは、お仕置きに関係があるのだろうか……？）

苦痛と屈辱が性的な昂奮をひきおこすなどとは、まだ亜紀彦が考えもおよばないことだった。

3

その夜、亜紀彦が自分の部屋でパソコンに向かっていると、

「亜紀彦兄さん、入っていい？」

エリカが遊びにきた。退屈すると義兄の部屋をのぞきにやってくる。亜紀彦がその気になったらゲームの相手などしてもらえるし、でなければひとりで勝手に本棚から本など取りだしベッドに寝転がって読んだりしている。要するに自分の部屋でひとりでいられない性分なのだ。

もう入浴をすませたらしく、ピンク色のベビードールを纏っている。むきだしの白い脚がまぶしい。甘酸っぱい汗の匂いは洗い流されて石鹼の香りが肌からたち昇る。

亜紀彦が机に向かっているので、エリカの方は義兄のベッドに寝そべってマンガ雑誌など

読みだした。

うつ伏せになって、時々無意識に脚をバタバタさせたりするので、フリルのついたベビードールの裾がまくれてパンティが見えてしまう。

寝衣とペアのパンティで、やはり可憐なフリルで飾られたビキニの下着だ。クリンと丸いお尻をぴっちり包んでいる有り様がまる見えになって、チラと横目で見た亜紀彦はたちまち勃起してしまう。

（やれやれ……）

これでは気が散って、作りかけのプログラムの細かい数字や文字など、読めたものではない。あきらめて亜紀彦はエリカとおしゃべりすることにした。

「エリカ、今日、お母さんにお仕置きされてたな」

「えっ？　お兄さん、知ってたの……？」

無邪気なまるい目で兄を見つめる。心なしか頬が赤らんだようだ。

「だって、居間にいてもピタピタお尻を叩かれて、エリカが泣いてるのが聞こえたもの」

「いやだぁ、聞こえてた？」

「ワンワン泣いてたじゃないか」

「あれ、本気で泣いてんじゃないのよ。泣けばママが許してくれるから、見せ泣きするるの……」

茶目っ気たっぷりの顔で言ってのける。エリカの性格から言って、案外本当かもしれない。この娘は大人を自分ののぞむ方向へと操《あやつ》るのが上手だ。

「へえ……」

「だって、ママに素手でお尻を叩かれても、そんなに痛くないでしょう？」

ケロリとして言う。

「本当？　だって……」

あんなに真っ赤に腫れたのに――と言おうとして、あわてて声を呑みこんだ亜紀彦だ。それでは自分が、継母の寝室を覗き見していたのがバレてしまう。

「本当よ。亜紀彦兄さんはお尻、叩かれたことないの？」

チラと上目づかいで義兄を見ながら訊いた。

「うん。ないんだ」

「そう？……それじゃ、分かんないかな。音は痛そうだけど、実際はたいして痛くないんだから……」

まんざら負け惜しみでもなさそうだ。

「エリカはよくああやって、お仕置きされるの？」

　短い寝衣の裾から見える、かわいいお尻のふくらみが磁石のように少年の視線を吸い寄せる。エリカはそれを知ってか知らずか、まくれあがった裾はそのままにして、さかんに脚をバタバタさせる。リズム・ダンスの練習のようだ。

「うん。ちっちゃい頃から……。ママったら優しそうに見えて、わりときびしいのよ」

「エリカが言うことをきかないからだろう」

「うん、それもあるけど」

　ケロリとしている。ひょっとしたら美少女は、自分のヒップが義兄の視線を吸い寄せているのを自覚しているのかも知れない。

「お尻を叩かれる以外に、どんなお仕置きをされるの？」

　それとなく聞くと、アッサリと、

「お縛り」

「へえ、縛られちゃうの？」

「うん。エリカはこっちのほうがイヤ。だって一時間も二時間も、柱とか椅子にお縛りされてジッとしてなきゃいけないから……」

「それだったら、お尻を叩かれて許してもらったほうがいいわけか」

「そうよ……」

わざとらしく、義兄の目の前でお尻をプリプリふりたてる小悪魔。亜紀彦のペニスはいちだんと充血し、ブリーフを突き上げる。

「でも、最近はお尻叩きだけじゃ許してくれなくなったわ……」

また、チラと意味ありげな視線を送ってきた。

「ね、亜紀彦兄さん……？」

「なに？」

「ほんとにお尻、叩かれたことないの？」

「ないよ。だって、ぼくのママは顔を覚えてもいないない頃に亡くなったし……」

「慎之介おじさん——、パパには？」

亜紀彦は志津絵のことをわりに抵抗なく「お母さん」と呼べるようになったのに、エリカのほうは、義父の慎之介のことをすんなり「パパ」とか「お父さん」と呼べないようだ。高輪のマンションにいたときからの習慣で「慎之介おじさん」と呼んでは志津絵に訂正されている。心理的に、慎之介に対して何かの抵抗があるのかもしれない。

「パパ？　ぼくのパパかい？　ぜんぜん、お仕置きなんかされたことないよ」

「へえー……」

意外そうな口ぶり。

「どうして、そんなこと訊くの？」

「だって、高輪の家では、エリカ、ずいぶん慎之介おじさんにお仕置きされたもの。お尻叩きで……」

「え、ぼくのパパから？」

亜紀彦はびっくりした。

「そうよ」

志津絵が慎之介と知り合って深い関係になったのは、エリカが小学校二年の頃だった。ある日、例によってエリカがお仕置きをされているとき、たまたま慎之介が母娘の家にやってきたことがある。

「暑い日だったから、ママはエリカの洋服を全部脱がせてお尻を叩いてたの。そうしたらパパが入ってきて、ママはすぐやめたんだけど、パパは『子供のお仕置きは中途はんぱではいけない』って言って、ママに続けさせたの。私、裸だし、人に見られてお尻を叩かれるのなんて初めてだったし、ワンワン泣いちゃったわ……」

慎之介は、煙草を吸い、ウィスキーを啜りながら、お仕置きする母、される娘を眺めていたという。

「それからよ、パパが来るときはいつも、お仕置きされるようになったのは……」

志津絵はパトロンの慎之介が訪れる直前に、何かと理由を見つけてはエリカをお仕置きした。その途中で慎之介がやってくる。彼はエリカが泣きじゃくって許しを乞《こ》うまでお尻叩きをされるのを、ジッと眺めるのだった。そのうち「そういうのでは生ぬるい」などと言い出し、自ら裸の少女を自分の膝の上に載せてお尻をパンパン叩くようにもなった。

「ママのはそんなに痛くないけど、慎之介おじさん――、パパに叩かれると、やっぱり男だから痛いのよ。だからパパの膝の上に載せられると、それだけで泣いちゃったわ……」

ある日、母親がたまたま買物に出かけて少し留守にした間に慎之介がきた。その時、よほど虫の居所が悪かったのか、迎えに出たエリカの態度が悪いと言って、彼女は服を脱がされてビシビシと尻を叩かれた。

やがて志津絵が帰ってきた。

「この子の躾はなっていないぞ」

慎之介は、今度はきびしく志津絵を叱りつけた。

「はい、申し訳ありません」

志津絵は両手をついて謝った。

「お前も、お仕置きが必要だな」

慎之介が冷たく言い放った。

「脱げ。おれがお仕置きしてやる」

　美しい母親の瞳が驚いたように瞠かれた。

「あなた……、それは寝室で……」

「うるさい。本当のお仕置きがどんなものか、エリカに見せてやるのだ」

　泣きじゃくる娘のそばで、美しい母親が洋服を脱ぎ、スリップを脱ぎ捨てた。ブラジャーもストッキングもパンティも脱いで、まっぱだかになった。

「よし、そこによつん這いになれ」

　母親は観念したように吐息をつき、命令に従った。立ちはだかる傲岸《ごうがん》な中年男の前で、一糸纏わぬヌードをさらした母親は平伏する姿勢をとった。

「尻をあげろ」

　志津絵の豊かな臀部が天井を向いた。慎之介は革のスリッパを手にして、ふくよかな肉のまるみを撲《う》った。豊かに脂肉のはりつめたヒップが無残な鋭い音をたてた。

「ああっ！」

　残酷なスパンキングを受けて、熟《う》れた女体がびくびく震えた。母親の苦痛をエリカは自分のことのように受けとめ、

「ママ、ママ……」

泣きじゃくった。

母親の白い桃のような尻朶が真っ赤をとおりこし赤紫色になるまで打擲すると、慎之介はスリッパを投げ出し、うわずったような声で愛人に命令した。

「よし、エリカは寝かせなさい」

泣きじゃくるエリカは、自分の部屋に連れてゆかれた。ベッドに横たわりながら、少女は顫えながら、母親の悲鳴を聞いた。肌を打つ無残な音がし、パトロンの怒鳴りつける声が交錯した。

やがて悲鳴にかわって、獣の唸り声が聞こえてきた。それが母親の口から吐き出されたものだと知るまで、エリカは時間がかかった。別の責めが始まり、母親はそれを受けているのだと思ったが、そのような呻きを洩らす責めがどんなものか、幼い少女には推測もつかなかった――。

「それから何度か、同じようにしてママと一緒にお仕置きされたわ……。私はその後、いつも閉じ込められて……」

エリカの打ち明け話を聞いているうち、亜紀彦の勃起は極限にまで達した。

(パパがそんな残酷なことをするなんて……)

亜紀彦は父親に可愛がられた体験もないが、逆に、罰せられたり厳しく叱られた体験もない。感情の起伏が激しく、ときに家人やマネージャーを怒鳴りつけて顫えあがらせるのは目撃していたが、淑やかで典雅な美女とその娘を、まっぱだかにして這わせ、スリッパの底で尻を残酷無残に打ち叩く姿は、想像できるものではなかった。

（どうしてそんなひどいことができるのだろう……）

そういう思いとは別に、母と娘が一糸纏わぬ姿で尻をくねらせながら、尻を責められて泣き叫ぶ光景を想像して、はげしく昂奮してしまう亜紀彦だ。ペニスはエリカの注意をひきつけずにはおかないぐらい、下着とパジャマのズボンを突きあげる。

「だから、亜紀彦兄さんも、この家で慎之介おじさんにそういうお仕置きを受けてるんだと思ってたのに……」

「いや、全然。だいたいパパは、ほとんどぼくのことを気にかけないもの……」

亜紀彦がそう言うと、

「どうして……？　どうして亜紀彦兄さんのことをかまわないの？」

そのことは薄々気がついていて、疑問に思っていたらしいエリカだ。

「さあ、はっきり分からないけど、パパは由紀彦兄さんのほうがお気に入りなんだ。だって体格はいいし運動神経はすごいし、ゆくゆくはアメリカン・フットボールのスターになるって言われてるぐらいすごいんだから……。ぼくはその正反対だもの……」

「そんな……」

エリカが口をとがらせた。彼女は結婚式のとき由紀彦を見ている。

「亜紀彦兄さんのほうが、ずっとすてきだわ。優しいし、頭はいいし、ズッとカッコいいもの。由紀彦兄さんって、乱暴だし、自分のことしか考えない人みたい……」

どうやらエリカは、由紀彦が自分の母親に敵意を抱いているのを察知している。敏感な子なのだ。亜紀彦は話題を変えた。

「ぼくはエリカのほうがうらやましいよ。ママがエリカをお仕置きするのは、それだけ可愛がっているって証拠だからね……」

「そればかりじゃないと思う」

エリカはまた意味ありげな微笑を浮かべた。

「え、どういうこと？」

眉をひそめて義兄が聞き返すと、早熟な美少女は平然と言ったものだ。

「慎之介おじさんが、ママやエリカをお仕置きするのは、お尻を叩くのが好きだからよ。ママはママで、叩かれるのが好きなんだわ、きっと……」

「そんな……」

亜紀彦が信じかねる表情をすると、

「弱い人をいじめて喜ぶ人って多いでしょう？　学校にだってそういう子はいるし、先生でも、意地の悪いこと言って生徒が泣いたりするのを喜んでる先生も多いわ。こんなこと言っていいかどうか分かんないけど、慎之介おじさんは、人を叩いて、痛がって泣いたりするのを見て喜ぶ人みたい……」

「うーん……」

そう言われてみれば、確かに自分の父親にはそういう残酷な面があるかもしれない。ただ、亜紀彦は父親と接触がないまま育ってきたから分からないだけだ。

「だけど、叩かれるほうはどうなの？　痛い思いや恥ずかしい思いをしたがる人がいるかなあ？　誰だって、そんなことイヤだよ」

亜紀彦は疑問を呈してみた。

「そうでもないわ」

ケロッと言ってのけるエリカだ。

「エリカだって、ママにぶたれてるとき、なんとなく気持ちいいっていうか、ヘンな気持ちがするときがあるの。うまく言えないけど……」

無意識にまた、ぷりぷりとヒップをうち揺すって見せる。

「へえ、そんなことがあるの……？」

ヘンな気持ちというのは、性的な欲望のことだろうか。ふいに亜紀彦は思いあたった。

（じゃ、エリカが今日オナニーしたのは、お母さんにお尻を叩かれたからなのか……？）

自分はそういう経験がないから分からないが、あるいは人によって、お尻を叩かれたり恥ずかしい思いをさせられることで昂奮する場合があるのかもしれない。それは、亜紀彦にとって新しい発見だった。

亜紀彦が考えこんで黙ってしまうと、それを自分の言葉を信じないからだと思ったのか、エリカが、

「じゃ、おもしろいもの見せてあげる。待ってて……」

サッと立って自分の部屋にゆき、すぐに一冊の雑誌を手にして戻ってきた。

「これ、見て。慎之介おじさんがママに持ってきてくれた本なの……」

あまり厚くない大判の雑誌だ。手にとって亜紀彦は息を呑んだ。

「これは……!?」

英語でタイトルが書かれている。アメリカの雑誌らしい。タイトルはスパンカーズ・パラダイスと読めた。

何よりも少年を驚かせたのは、表紙の写真いっぱいに、むきだしの女性のヒップが写っていることだ。白人女性のまっ白い、豊満なお尻だ。その尻朶の上に、毛むくじゃらな男の手

がうちおろされている。

「ママのベッドの横の机に、そんな雑誌が何冊も入ってるわ。他にも同じような写真とか……。一冊ぐらいなら分からないだろうと思って、こっそり持ってきたの」

ページをめくると、どのページも尻をまる出しにされた女性が、男たちに尻を叩かれている写真が満載されている。中には女性が女性を、あるいは女性が男性を叩いているのもあるが、すべてはスパンキング——尻叩きの写真なのだ。

（これは、お尻を叩いたり叩かれたりするのが趣味の人のための雑誌なんだ……）

亜紀彦は写真を見ながら、激しい昂奮を覚えた。脚を組んで痛いほどの勃起を妹にさとられないようにしなければならなかった。

性交の写真や絵を載せたポルノ雑誌の類は、学校で級友たちが見せびらかしているのを目にしたことがある。だが、こういう特殊な行為だけを集めた雑誌があるとは思いもよらなかった。

どの写真も、亜紀彦にとってはきわめて刺激的なものだった。叩くものと叩かれるものの関係はさまざまだ。家庭教師が教え子を、社長が女秘書を、医師が看護師を叩いている。叩くのも素手、ヘアブラシ、ヘラのようなもの、ステッキ、ベルト、乗馬用の鞭《むち》……。どの写真も、女は口を大きく開けながら苦痛と苦悶の表情を浮かべている。悲鳴と泣き声と、柔肌を打つ残酷な音が聞こえてきそうだ。

明らかに母親が息子を、父親が娘を打っているのもある。いかにも少女っぽいポニーテールのヘアを躍らせながら、父親の膝の上でまる出しの尻を叩かれている可憐な少女の写真は、エリカが慎之介にお仕置きされる光景そのものだった。

「うーん……」

亜紀彦は唸った。ブリーフが濡れるほど昂奮しているのが分かる。

「ね、おもしろいでしょう？」

キラキラ熱っぽく目を輝かしているエリカは、義兄の反応を楽しむような微笑を浮かべている。

「こんな雑誌があるということは、お尻を叩いたり、叩かれたりして喜ぶ人がたくさんいるということじゃない？」

そう指摘されると、亜紀彦は頷かないわけにはいかない。

ふいに、かわいらしい義妹が、熱を帯びた声でささやくように言った。

「ね、亜紀彦兄さんはどう？　こうやって女の人のお尻、叩いてみたい？」

「それは……、分かんないよ」

予想しない質問をぶつけられて、亜紀彦は絶句した。美少女は意味ありげに自分のまるい尻をベビードールの下でくねらせるようにした。

「たとえばエリカのお尻、叩いてみたくない？　もしそうだったら、叩いてもいいよ。あんまり痛くない程度に……」

「え……」

「パパに叩かれるのは好きじゃないけど、亜紀彦兄さんならいいわ……」

義兄に背を向けるようにして立つと、淡いピンク色の短い寝衣の裾をめくりあげ、ビキニのパンティに包まれたくりくりと丸いヒップをさらしてみせる。

「エリカ……」

意外な誘いに亜紀彦が呆気にとられていると、さらに意外なことを言い出す妹だ。

「そのかわり、後でエリカの望みを聞いて」

「どんな……？」

エリカはくるっと向きなおり、いきなり椅子に座っている義兄の膝の上に飛びのった。首にしがみつくようにして熱い吐息を亜紀彦の耳に吹きかける。

「あのね……、お兄さんの精液が出るところを見せてほしいの」

「何を言うんだよ、エリカ……」

亜紀彦が目をまるくすると、

「いやだ、そんなにヘンな顔をしないでよ」

早熟な少女は、突飛な誘いと要求をもちだした理由を説明する。

――小学校五年生ともなると、初潮を迎える少女たちが増加する。そのために教師が少女たちに基礎的な性知識を教えるのだが、それはあくまでも抽象的なもので、具体的なことは分からない。

エリカが関心を抱いたのは、男性のペニスが勃起し、射精するという説明だった。その部分は簡単にスライドの図を見せられただけで詳しい説明がなかったから、少女たちは自分の頭の中でいろいろ妄想を逞しくするしかない。

「だけど、どうしても分かんないのよね。精液ってどんなものだか……。それが、どうやって出るのか……。だって、オチンチンの先から出るんでしょう。おしっこと一緒に出るの？それとも精液を出すかおしっこを出すか、男の人って決められるの？」

亜紀彦は素朴な少女の疑問に思わず笑いだしてしまった。

「そうか……、やっぱり女の子には分かんないか……」

「うん。だから、亜紀彦兄さんに教えてもらいたいの。だって、そんなこと他の誰かに聞けないし……」

自分より早熟な少女たちの中には、実の兄や親戚の男の子と性的な体験をしているものもいて、そういう子は実際に精液がどんなものかを知っている。好奇心の旺盛なエリカにしてみれば、そういう子たちがうらやましくて仕方がない。これまでは周囲に親しい男の子——それも精液を出せる年ごろの少年がいなかったのだ。

「そうか……」

亜紀彦にはエリカの好奇心が分からないでもない。自分も時々、「エリカのあの部分は悦子ねえさんのとどう違うのだろう……」と確かめてみたくなることがある。

「だから、もしお兄さんがエリカのお尻を叩いてみたかったら、叩いていいの。後でエリカに精液が出るところを見せてくれたら」

「うーん……」

亜紀彦は当惑したが、エリカの提案は魅力的だった。刺激的なスパンキング・ポルノを見せられて、彼も女性の尻を叩くという行為にそそられている。

「よし、じゃ、エリカのお尻、叩かせてもらう」

とうとう条件を呑んだ。

「じゃ、叩いて……」

ふいに声を低め、エリカは義兄の膝からすべりおりた。

「どこで？」

「ベッドの上。よつん這いになって……」

亜紀彦の声もかすれ気味だ。

「こう?」

犬のように這ってお尻をもたげる。

「そう」

亜紀彦は立ちあがった。パジャマの前がふくらんでいるが、もう隠そうとはしない。

「わー、お兄さんのすごい!」

どうやら彼女は、男性の勃起現象は知っているらしい。あるいは母親の愛人が自分をお仕置きするとき、彼の勃起をまのあたりにしているのかもしれない。

「お母さんにお仕置きされるときは、裸になるんだろう?」

「うん。でも、まっぱだかはイヤ。おっぱいを見られたくない……」

尻をまるだしにするのはいいが、ふくらみ出した乳房を見られるのが恥ずかしいという。不思議な少女の心理である。

「ま、いいか……」

かわいい義妹の前で、少年の心は逸《はや》った。

「じゃ、パンティを脱がすぞ」

「うん」

フリルで飾られたベビードールの裾を腰の上まで まくりあげ、寝衣とペアのビキニパンティの腰ゴムに手をかけ、するりとひき下ろす。むき玉子のように艶のある、少女の白い肌が露出された。吹出物ひとつない、清浄無垢な肌だ。今日の午後、母親に叩かれて赤く腫れあがったのに、その痕跡はどこにも残っていない。

「カワユイ」

つやつやとした桃のようなお尻に、ふいに唇を押しあてたい衝動がわき起こった。それを必死に制した。

「叩くよ」

そう声をかけると、

「うん……。いいよ」

布団に顔を押しつけるようにしたエリカの声がくぐもる。やはりむき出しのヒップを義兄にちかぢかと眺められて羞恥を覚えている。白い肌がピンク色に染まっている。

亜紀彦は右手をかざして、あまり力をこめずに、硬質な弾力のあるお尻を叩いた。

パン。

それでも意外なほど大きな音がして、

「あ」

エリカの唇から声が洩れた。

「痛い？」

「ううん。もっと強くぶってもいいよ」

「そうか」

今度は力をこめてビシッと叩いてやる。

「む……っ！」

打たれた部分にさあっと赤い色が浮かぶ。したたかな手ごたえが亜紀彦の内部で制御していたものを壊した。

「この」

もう一方の尻朶を打ちすえる。

バシ。

小気味よい音がして、肌に朱が走る。

「く……っ！」

「どうだ？」

亜紀彦の口調が荒々しくなる。

「大丈夫……」

答えるエリカの声は顫えを帯びている。

「よし」

最初の気おくれが消えた。亜紀彦は自分でも不思議なくらい冷酷になって、ビシビシと義妹の可憐な桃尻を叩きのめした。

「あっ」

「ひっ」

「う」

十回ほども打ちのめした後で、ようやくエリカが泣くような声で、

「お兄さん、かんにんして……」

訴えた。亜紀彦はハッと我に返った。昂奮のあまり、つい力を入れすぎたようだ。

「痛かったか」

スパンキングをやめて訊くと、

「最後はちょっとね……」

そう答えた美少女の頬は紅潮して、瞳は熱がある者のようにボウッと潤んでいる。

「ずいぶん赤くなっちゃったな……」

ようやく憐愍《れんびん》の情が湧いてきた。

(何もしてない妹のお尻を叩くなんて……、ぼくはどうかしてる……)

だが、その行為を楽しんだことは事実だ。亜紀彦のペニスはもう、射精しそうなくらい怒張しきっている。

「大丈夫よ。少し冷やしてるとすぐに消えるから……」

パンティを膝のあたりにまつわりつかせたまま、エリカは身を起こして兄の方をむいた。ベビードールの裾がふわりと下腹を隠す寸前、無毛の秘丘と恥裂が亜紀彦の目にとびこんできた。楚々とした眺めだが、脂肪がついてきてゆるやかにもりあがっている恥丘の曲面が悩ましい。ふいに、新鮮な汗の匂いが彼の鼻腔を刺激した。昂奮した少女の体臭。

「すごい、お兄さんも昂奮してる……」

いきなり彼の股間に手を伸ばし、ずきずき疼いているふくらみをさわってきた。

「こら」

「さあ、今度はエリカの番よ。精液を出すところを見せて……」

美少女の顔に、十一歳とは思えぬ妖艶な笑みが浮かんだ。

今度は亜紀彦がベッドに横たわった。あおむけになる。

「じゃ、見せてやるぞ」

パジャマのズボンを脱ごうとすると、

「やってあげるわ」

エリカが手をのばし、ズボンを脱がせ、ブリーフに手をかけた。

「わ、オチンチンがこんなに立ってるから脱がせにくい……」

嬉しそうに笑い、白いブリーフを腿までひきおろした。妹とのエロティックな行為に昂るだけ昂ったペニスがバネ仕掛けのようにふるえて飛びだした。

「キャッ、大きい……！」

エリカの目がいっそう輝く。熱い息が吹きかかるほど顔を寄せてきた。柔らかい指がそうっと茎の部分に触れる。

「すごい。コチンコチン」

「ペニスを見るのは初めてじゃないんだろう？」

「うん。ほら、小さいころ近所の子とお医者さんごっこなんかしたから……。でも、こんなに大きいのは初めて……」

「勃起っていうんだよ。ふだんは小さいんだ……」

夕刻に妹のオナニーする姿を見ながら自分も射精した亜紀彦だが、その後にシャワーを浴びて汚れは洗ってある。それでも先ほどからの昂奮で亀頭はもう濡れて、特有の匂いを放っている。

エリカはかわいらしくツンと上を向いた鼻先を、完全に包皮がむけて赤紫色に充血している器官の先端に近づけ、クンクンと嗅いだ。

「なんだかスルメみたいな、魚みたいな匂いね……。おいしそう」

亜紀彦はぽってりしていかにも柔らかそうな桃色の唇に、自分の器官を押しこんでやりたい欲望を抑えた。

(ここは、エリカのやりたいようにさせるんだ……)

もちろん下腹を剝き出しにして、勃起しているペニスをいじられる羞恥はある。だが逆に、自分の義妹に見せつけているという状況が、昂奮を高めるのだ。

「精液は、どうやって出るの？」

かすれた声でエリカが訊く。

「こするんだよ。こうやって……」

自分の手をあてがって、オナニーするときのように動かしてみせる。

「そうすると気持ちいいの……？」

「そうさ。エリカだって自分のあそこをこうやって触ると気持ちがいいだろう？」

「え？　そんなこと、しないよ」

白ばっくれる。まさか自分のオナニーを義兄が覗き見していたとは思っていない。あえて問いつめず、亜紀彦はエリカの手をとった。

「じゃ、触ってこすってごらん。精液が見たかったら、出てくるまで」

おそるおそるという感じで握ってきた。

「血管がズキンズキンいってる」

やわやわと揉むようにしてから、教えられたとおりにこすり、しごきたててきた。

「こう？　これでいいの、お兄さん？」

「そうだよ。もっと強くてもいい」

「痛くない？」

「痛くないよ」

「…………」

亜紀彦は熱心に自分のペニスを握ってしごきたてる義妹の上気した顔を仰ぎみた。額に汗が浮かんでいる。

「あ、こんなに濡れてきた……」

カウパー腺液が尿道口から溢れ、茎まで濡らし、エリカの指まで濡らす。

「ヌルヌルしてる。すべっこーい」

「それがあるから、女の子のあそこに入ってゆくんだよ」

「へえー……」

一年前、悦子が亜紀彦に教えたように、今度は亜紀彦がエリカに知識を与えている。

「あ」

快美な感覚が高まった。呻き声が出る。

「痛いの？」

びっくりして手を止めて訊く。

「違う。気持ちがいいんだ。続けて……」

「そう。じゃ、精液が出るの？」

「もう少しやってくれたらね」

「よーし」

さらに熱心にしごきたててくる。

「う。うー……ン」

亜紀彦は両肘で自分の顔を覆うようにした。透明な粘液で濡れた掌で摩擦されると、えもいわれぬ快感が生まれて、無意識のうちに腰をうちゆすっている。自分でしごいているのよりずっと稚拙な指の動きなのだが、それなのに強い快感なのだ。

「まだ？」

少女の鼻の頭に汗が浮いている。

「もう少し……、あっ……」

ふいに限界点を超えた。腰骨から背筋へ電撃が走った。

「む、う、あっ……」

亜紀彦の体がビクビクわななき、

「きゃっ、出た」

エリカが叫んだ。白い粘っこい液が、勢いよく垂直に噴きあげた。ビクッビクッと肉茎が断続的に収縮し、
ドクドクッ。

若い牡のエキスは何回か分けて吐き出され、少年の平たい腹、恥毛の周りにボタボタと落下した。青臭い、栗の花の匂いがたちこめる——。

「はあっ……」

ようやく最後の一滴まで妹の手で絞りださせると、亜紀彦は大きく息を吐いた。彼の全身は汗みずくだ。

「すごーい、こうやって精液が出るのね。エリカ、感激！」

初めてみる男性の射精現象に圧倒されながら、自分の手で好きな義兄を快楽の絶頂まで導いたことに満足している様子だ。ティッシュペーパーをつかい、かいがいしくねばっこい白濁液を拭う。匂いを嗅いでみる。

義理の兄妹という関係の少年と少女の間に、肌と肌を合わせた男女のような親密な雰囲気がうまれた。

「気持ちよかったよ、エリカ」

ごく自然に、亜紀彦は覆いかぶさった形のエリカを抱きよせた。

「あ」

ちいさい声を出したが、

「む……」

義兄に唇を吸われても抵抗しなかった。彼が舌をさしこむと、温かい唾液で濡れた舌がおずおずと迎えた。

「…………」

義妹の体から、前よりもっと濃厚に甘酸っぱい匂いがする。従姉と一緒のベッドで嗅いだ懐かしい匂いだ。発情した若い牝の匂い。

(エリカはすごく昂奮している……)

義妹のふくよかな唇を吸い続けながら、亜紀彦はそうっと彼女の寝衣の下へ手をのばした。パンティは尻を叩いたときに脱いだままで股間は覆われていない。

「やン」

義兄の指が無毛の丘に触れ、その下の割れ目をさぐると、エリカの体がびくんと震えた。

「大丈夫、じっとして……」

唇を離し、貝殻のような耳に囁きかけ、そうっと指を秘裂に沿って撫であげると、ぬらりと液体の感触。

(濡れてる。やっぱり……)

従姉の悦子がそうだったように、十一歳の少女もまた、肉体の内側から蜜液をあふれさせている。義兄とのエロティックな行為の間に彼女の肉体は自然に昂っているのだ。

そうっと秘裂の上端にクリトリス包皮をさぐりあて、やわやわと揉みこんでやると、

「あ、うっ……。あン……」

甘えるような呻くような声を洩らし、ぐぐっと義兄にしがみついてくる。甘い髪の匂いにむせかえりながら、エリカの首筋から顎にかけてのうぶ毛が密生した肌に唇を這わせ、さらに指をうごめかせると、

「あ、はあーっ、お兄さん……」

目を閉じ、ちょっと顰《しか》めるような表情になった美少女は自分も兄の股間に手をのべ、萎えたものをまさぐる。

密やかな相互愛撫がしばらく続けられ、やがて、

「あ、ああーン、いや、いやだ……。あーっ！」

何かを拒否するようにおかっぱ頭を左右に打ちふり、ヒップは前後ろに激しくうちゆすり、少女の肉体がびいんと反りかえった。亜紀彦の指が腿と腿の間にきつくはさまれ、熱い蜜でまぶされた……。

（イッた……！）

深い満足感を覚え、亜紀彦は可憐な妹の唇を吸って強く抱きしめてやった。

しばらくして彼の再び怒張したペニスから、ドクドクと白いエキスがエリカの掌にまき散らされた――。

第三章　継母・志津絵

1

その夜から、亜紀彦とエリカは志津絵に秘密をもつようになった。

「お兄さん、精液ごっこしよう……」

志津絵や家政婦たちの目を盗んで、エリカは義兄を淫らな遊びに誘う。

十一歳の美少女は、自分の手と指で兄のペニスを刺激し、白濁した牡のエキスを噴きあげさせる行為を、遊戯的感覚でとらえている。

自分の手で、亜紀彦のほっそりとしてはいるがずいぶん男らしく筋肉がついてきた体に快楽を与え、熱い呻きを吐き出させることにスリリングな昂奮を味わうのだ。

指の動かしかたもたちまち習熟した。尿道口の下側、いわゆる鈴口《すずぐち》のあたりに敏感なゾーンが集中しているということも、亜紀彦が説明する前に発見していた。この利発な少女は、性的なことに対しても探究心が旺盛だ。

(血はつながっていないけど、エリカはぼくの妹なんだ。それなのに、こんなことをしていいのかなぁ……)

亜紀彦にそういう迷いがないわけではない。特に、美しい継母の目を盗んで彼女の娘と淫らな遊戯に耽ることに罪の意識を感じてしまう。

だが、

「ね、エリカのお尻、叩く……？」

無邪気な口調でツルリとパンティを脱ぎおろし、殻をむいたばかりのゆで玉子のようなまるい臀丘を見せつけて誘われると、自制心など吹きとんでしまい、たちまち淫らな遊びにのめりこんでしまうのだ。

（どうして、女の子のお尻を叩いて、こんなに昂奮するのだろう……？）

亜紀彦は不思議に思う。

それまで、自分は残酷な性格ではない、と思っていた。学校内での陰湿ないじめには絶対に加わらなかったし、どちらかというと弱いものの方に味方する性格だ。

自分を含めて誰もが、亜紀彦は心優しい性格だと思っているはずだ。それなのに、エリカの愛らしいお尻を見ると夢中になってしまう。呻き声をあげ苦しみ悶える裸体を見ると血がふつふつと煮えたぎるようだ。

（これは、どういうことなのだろう……？）

亜紀彦はようやく、従姉の悦子が教えてくれなかった性愛の世界に、義妹と一緒に足を踏み入れたのだ。サディズムとマゾヒズムの世界に――。

最初は乳房を見られるのをいやがっていたエリカも、やがて一糸纏わぬ清冽《せいれつ》なヌードを義兄の前にさらすようになった。

亜紀彦は、エリカが母親の寝室から盗み出してきたスパンキング・ポルノの雑誌を参考にして、いろいろなポーズでエリカの尻を叩いた。

膝の上に載せて叩く。

よつん這いにさせて叩く。

壁に向かって立たせて叩く。

足を開いて立たせてから、前に上体を倒させ、手で足首を摑んだ姿勢で叩く。

叩かれながら、自分でヒップをくねらし、

「もっと叩いて……」

うわずった声でねだるようになった。臀丘が赤く腫れあがるころに股を開かせると、秘裂は薄白い愛液でしとどに濡れ、酸っぱみのつよい匂いがプウンとたちのぼっている。

そんな時、若い牡の本能がつきあげ、亜紀彦はエリカの柔らかい肉を鉄のように硬くなった自分の欲望器官で侵してやりたい欲望に駆られる。

(だめだ、それは……)

エリカは、従姉の悦子のように成熟した肉体をもった牝ではない。確かに初潮も迎えたが、

逃がし屋小鈴
女だてら
麻布わけあり酒場6
風野真知雄
文庫書き下ろし
新しい人生へ、あたしが連れて行くよ――
居酒屋〈小鈴〉に飛び込んできた侍。「助けてもらえぬか？」と頼むこの蘭学者は開明的な動きのせいで幕府に追われていた。小鈴は亡母の志を継いで逃がすと決めたが……。大人気シリーズ第六弾！
560円

幻冬舎文庫の最新刊

表示の価格はすべて税込価格です。

幻冬舎 時代小説文庫フェア

妖怪泥棒
唐傘小風の幽霊事件帖
高橋由太

著者太鼓判の
シリーズ最高傑作!

520円

謎が謎を呼ぶ、二つの失踪事件。犯人はまさかの石川五右衛門？

寺子屋の若師匠・伸吉のもとから美少女幽霊・小風が突然姿を消し、二匹のチビ妖怪も何ものかに攫われてしまう。事件の陰に石川五右衛門の幽霊がいることがわかるが——。シリーズ最高傑作！

文庫書き下ろし

剣客春秋
遠国からの友
鳥羽亮

彦四郎が「秘剣」に挑む
人気シリーズ、緊迫の第10弾!

600円

悪友なれど、見捨てられぬ——

柳原通りで、武士同士の斬り合いに遭遇した千坂彦四郎。窮地に立たされた畠江藩士・永倉平八郎に助太刀したが、それは千坂道場に禍を呼び込む端緒となった。人気シリーズ、第十弾！

よろず屋稼業 早乙女十内㈢
涼月の恋
稲葉稔

放蕩な大店の主は、改心できるか？

老女捜しと大店の主の行状改善を同時に請け負った早乙女十内は、江戸の町を奔走する。だが、ある女の死体が発見されたことから事態は風雲急を告げ……。人気沸騰シリーズ、緊迫の第三弾。

文庫書き下ろし

630円

夢のまた夢㈠
津本陽

信長、横死。秀吉、天下を望む！

毛利攻めの直中にあった羽柴秀吉は、織田信長横死の報を受け、毛利と巧みに和睦。急行軍を開始し、仇敵・光秀との決戦に臨む。野望と独善に満ちた天下人の生涯を描く大河歴史小説、第一巻。

800円

甘味屋十兵衛 子守り剣
牧秀彦

異才の菓子匠、素顔は幕情隠した用心棒——

深川の笑福堂は十兵衛が作る菓子と妻・おはること遥香の笑顔が人気。だが二人は夫婦ではなく、十兵衛の使命は主君の側室だった遥香とその娘・智音を守ること。そんな笑福堂に不審な侍が訪れて……。

文庫書き下ろし

600円

幕末あどれさん
松井今朝子

激動の時代に翻弄される若者＝あどれさんの青春を活写した傑作！

幕末の激動期、旗本の二男坊、宗八郎と源之介の人生も激変する。芝居に生きる決心をする宗八郎。一方、源之介は陸軍に志願するが……。名もなき若者＝あどれさんの青春と鬱屈を活写した傑作！

1040円

まだ恥毛もはえそろわないのだ。

花芯のたたずまいも、あまりにも清楚だ。指が触れただけで「く」と呻き、びくっと震えて体をこわばらせる。濡れてはいても、その部分は狭く、そこを無理やりこじ開けて自分の欲望を注ぎこむ気にはなれない。

それに、エリカの生理はまだまだ不規則で、悦子が教えてくれた排卵期──危険日というのが、全然分からない。

（エリカでも妊娠しちゃうだろうか……？　もしそんなことになったら大変だ……）

それも性交を恐れる理由のひとつだ。

エリカのほうはなんとなく、義兄が自分の処女器官を侵すなどとは思ってもいないようで、手指の刺激だけで満足している。

（口をつかってあげたいが……）

そうすれば、悦子に教えられたようにシックスナインの姿勢で互いに楽しめるのだが、そこまで過激な愛しかたを教えるには、エリカはあまりに無邪気でいたいけなく、つい誘いにくくなる。だから、せいぜい乳首を吸ってやるぐらいだ。

（それにしても、エリカはどうして、お尻を叩かれたがるのだろうか……？）

亜紀彦がいくら力をこめて打っても、素手では知れたものだ。それでも肌が赤く、ときにはドス黒いまでに腫れあがる。痛くないわけがない。

「そんなに痛くないよ」とは言うものの、やはり亜紀彦が夢中になって叩くと涙を流して悶え苦しむ。それなのに幼い性愛器官は蜜を溢れさせて充血する。ピンク色の乳首が勃起して、ツンと立ちあがる。それも理解しがたいことだった。

（どうして、いじめられて昂奮するのだろうか……？）

自分たちは、あるいは何か精神の病に冒されているのではないか——という懸念さえ感じている亜紀彦だ。正常な性愛の世界を逸脱し、いつかは狂気の中へと落ち込んでゆくのではないかと。

だからといって、彼は引きかえす気は毛頭なかった。背徳の甘い香りがするこの世界から——。


志津絵は、血のつながらない兄妹たちの秘密遊戯には、まったく気づかない様子だ。

ひとつには、彼女の部屋が階下で、特別な用でもないかぎり、めったに二階の子供たちの部屋にあがってこないせいもある。もちろん、亜紀彦もエリカも、志津絵の目を気にして、彼女が外出しているとき、寝静まったときを見はからっている。

スパンキングを行なうときも素手だけだから、エリカの肌に痕跡が残ることはない。時々、母親がお仕置きしても気づかれることはなかった。

逆に、亜紀彦の方が優雅な気品を湛えた志津絵の一挙一動が気になってしかたがない。

エリカに秘密を打ち明けられてからは、継母と会うと、どうしても視線が、女ざかりの量感をたたえたむっちりしたヒップへと行ってしまう。

三十代半ばの志津絵は、自分の経営するブティックに出かけるときは、いつも体に密着するタイトな仕立てのスーツを纏う。そうすると豊かな曲線が強調され、ヒップにパンティラインがくっきりと浮き彫りになる。

そういう洋服を着てちょっと身を屈《かが》めたりするとき、背後から義理の息子の視線が突き刺さってくるのを志津絵は気づいていない。

（このお尻を、パパは好きなだけ叩いているのか……）

亜紀彦は、継母のみごとなヒップを見、成熟しきった体から発散する、高価な香水とミックスしたかぐわしい体臭を嗅ぐとき、頭が痺れるようになる。

志津絵と式を挙げてからも黒島慎之介の生活スタイルは変わらなかった。

帰宅するのは月のうち半分にも満たない。

家に居るときは離れに引きこもり、用のあるときは妻のほうを呼びよせるから、子供たちは稀にしか彼と顔を合わせない。父親専用のリンカーン・コンチネンタルがガレージに置いてあることで「あ、帰ってきてる」と思うぐらいである。

高輪のマンションではエリカも母親と一緒にスパンキングを受けたのだが、母娘がこの邸に来てからは、エリカの尻を叩いてお仕置きすることがなくなった。

「よかったわ……。慎之介おじさん——パパにお尻を叩かれるのは、好きじゃないの」

亜紀彦には好きなだけ、好きなポーズでぶたせるのに、彼の父親の尻叩きはイヤだという。

「どうしてさ」

「うーン、なんといったらいいのかなあ……、ほら、ママになら叩かれても愛情みたいなのが感じられるでしょう？　だから痛くても恥ずかしくても耐えられるけど、パパのはそうじゃないもの。自分の楽しみだけのために、奴隷を叩いて、泣いたり叫んだりするのを楽しんでいる感じ……」

エリカはそう説明する。

「ふーん、そんなものかな……」

自分も、時には昂奮のあまり義妹のいたいけないヒップを、まるで猿のお尻のように真っ赤に腫れるまで打つことがある。それでも亜紀彦の打擲は、父親とは比べものにならないくらい優しい——とエリカは言うのだ。

（パパは、そんなに残酷な人間なのか……）

では、彼が帰ってくるたび、夜毎《よごと》、離れに呼ばれ、深夜になってひっそり自分の寝室にもどってくる継母はどうなのだろうか。やはりエリカと同じように耐えがたい苦痛を味わっているのだろうか。

(だけど、そんな様子はないものなあ……)

翌朝、子供たちと顔を合わすとき、志津絵はいつも屈託のない笑顔を見せている。父親の寝室で悲惨な目にあわされている奴隷のような存在なら、あんな笑顔や態度は見せられないはずだ。

(パパとお母さんは、どんなことをしているんだろう……?)

志津絵も、慎之介から解放されて離れから戻るとき、浴室でひっそり入浴する。その気配を自分のベッドで耳をそばだてて聞きながら、思春期の少年は妄想にとりつかれる。

考えてみれば、従姉の悦子も、この邸にいて慎之介に奉仕する間、やはり尻を打たれる残酷な仕打ちを受けてきたはずだ。ときどき座ったりするときに「あ」と言って顔をしかめ、椅子の上でモジモジすることがあったのは、あれはスパンキングを受けた後のことだったのだ。

悦子は、亜紀彦の父親に愛情めいたものを抱いてはいなかったが、だからといって憎みも軽蔑もしていなかった。ということは、彼女なりにけっこう、残酷な愛戯を楽しんでいたということなのだろう。

(女ってみんなそうなのだろうか? セックスって、分かんないことが多すぎる……)

多感な少年は思い悩むのだった。


夏になって、突然、亜紀彦とエリカのひそかな遊戯は妨害された。

この家の長男である由紀彦が、アメリカから帰国したからだ。それは誰もが予想していなかったことだ。

彼はアメリカン・フットボールの花形選手をめざしてカリフォルニアの高校に留学し、その将来性を買われて希望どおりの名門大学チームに指名されていた。この秋には進学し、大学でプレイすることも決まっていた。

ところが、夏休みの間に、由紀彦はハイウェイで交通事故を起こしてしまった。

乱痴気パーティをやらかし、仲間たちと騒ぎながら帰宅する途中のことらしい。

友人たちはかすり傷ですんだが、由紀彦はエンジンと座席の間にはさまれ、両方の膝の骨を砕かれた。何回か複雑な手術が行なわれたが、スポーツ選手としての未来は、その瞬間に吹き飛んでしまった。

慎之介は現地に飛び、いろいろ手を尽くした。あとはリハビリでどこまで回復するか様子を見るしかない。父親は息子を帰国させ、わが家でリハビリを行なうことに決めた。

さっそく邸内の改修工事が行なわれた。

ガレージの一つが改造されてリハビリ専用の部屋になった。階段は拡張され、車椅子ごと昇降できる装置が取りつけられた。廊下や部屋の入り口の段差はとり払われた。すべて歩行の不自由な由紀彦のためだ。

二階のあいている部屋には、リハビリを手伝う、療法士が住み込むことになった。

――やがて、由紀彦が車椅子に乗せられて、自分の家に戻ってきた。

亜紀彦は彼の顔を見て驚いた。

以前の、自信まんまんの精悍《せいかん》な面影はまったく消え、げっそり憔悴し、拗ねたような、敗北者の顔になっていたからだ。

自分の夢が叶う直前で、未来を奪われた若者は自暴自棄の気分になっていた。浴びるように酒を呑み、リハビリにも熱心ではなく、よく療法士の青年と口論した。

「ばか者。これしきのことでへこたれるな。リハビリをちゃんとやれば、またスポーツがやれるようになる。よしんばスポーツができなくとも、おまえは私の事業をついで実業家になればいいんだ」

慎之介はそう言って励ましさとすのだが、長男は一時は言うことをきいても、すぐに投げやりになってしまう。もともと幼い頃から父親に甘やかされて育ったわがまま息子だけに、挫折したときに立ち直るだけの精神力が備わっていなかったのだろう。

そんな兄が二階に暮らすようになったのだ。おまけに療法士まで寝泊まりしている。今まで二階には亜紀彦とエリカだけだったから、好きなときに互いの部屋をゆききして戯れることができたのだが、こういった状態では無理だ。

「まいったね……」

二人はぼやきあった。階下には、人の目を恐れずにこの兄妹が戯れる場所がない。

「兄貴は神経過敏になっているから、ぼくがパソコンをいじる物音でさえ壁ごしに聞こえて眠れない、なんて怒るんだ。これじゃ、なんにもできやしない……」

だが、エリカの方が名案を思いついた。

「ね、いい場所があるわ」

「どこ？」

「ママのお部屋」

「えっ……!?」

亜紀彦は驚いた。

「ママが留守のときだけ、こっそり使わせてもらうのよ」

志津絵は午前中にブティックに出かけ、帰ってくるのはいつも夜の八時頃だ。

「そうか……」

週日なら午後は夕食の時間まで、彼女の寝室には誰もやってこない。

(エリカも大胆なことを考える……)

亜紀彦は感心した。

翌日の午後、さっそく二人は母親の寝室に忍びこんだ。

ダブルサイズの重厚なベッドが置かれている寝室の中には、彼女がつけている香水〝タブー〟の匂いがこもって悩ましい雰囲気が漂う。

厚いドアを閉めきる。

「さ、これで大丈夫よ……」

エリカは実の母親である志津絵の部屋には何度も入って、勝手を知っているから気楽な様子だ。「いないときに使わせてもらう」という感覚なのだろう。母親の留守にこっそり忍びこむ罪悪感は薄い。

亜紀彦はやはり、継母の聖域を侵しているという後ろめたさを感じないわけにはいかない。それが逆にスリリングな昂奮をよび覚ますことも事実なのだが……。

「ここにいつも、あの雑誌が入っているのよ。ほら」

ベッドサイドの小机を示し、抽斗《ひきだし》のひとつを開けた。言葉どおり、何冊かのスパンキング・ポルノが入っていた。

(お母さんは、夜ひとりになったとき、この雑誌を見たりするのだろうか……?)

優雅なものごし、慈愛に満ちた目で亜紀彦に接してくれる継母が、このようなポルノを眺めている姿を想像できない。

「ね、これ見て。すごい……」

ベッドに腰をおろして雑誌をめくっては、無邪気に喜んでいるエリカだ。

「うん……」

豊満なヒップを打ち叩かれている外人女性のあられもない姿を見ると、亜紀彦も胸がドキドキして、どうしても引き込まれてしまう。

エリカが見せてくれた写真は、一人の白人美女を二人の黒人女性が責めるという設定で、白人女性は黒い下着、黒人女性は白と赤の下着をつけていた。特に、真っ白な肌の白人女性が着けている黒いブラジャー、ストッキング、ガーターベルト、それに黒エナメルのハイヒールというランジェリー姿がなんとも艶《なま》めかしく刺激的だ。

「この靴下吊りがいいなあ。どうしてだか分からないけど、これを着けていると、真っ裸の女の人よりずっと魅力的だもの」

亜紀彦が自分の感想を述べると、

「お兄さん、こういうスタイルが好き？　じゃ、ママのをエリカが着けてみせる」

少年は驚いた。彼は女性の長靴下というとパンティストッキングしか見たことがない。

「へえ……。お母さんはこんなストッキングや下着を持ってるの？」

「うん。今のパパが買わせたんだと思う。わりといろんなの持ってるよ。ここに……」

下着類の入っている抽斗を開けてみせる。

「うわ、きれいだ……」

亜紀彦は色とりどりのランジェリーがおさめられている抽斗を見て圧倒された。まるでお花畑のように華麗な色彩が氾濫している。

「この雑誌に載っているような下着は、えーと……」

かきまわしたことを悟られないように、注意深くセクシィな下着のつまった抽斗を探す。

「ほら、あった。これがガーターベルト」

「ほんとだ」

黒いシルクサテンの、見るからに艶めかしいアイテムを、亜紀彦は手にとった。

「ふうん、こんなふうになってるのか……」

サスペンダーがどういうふうに靴下を吊るのか、初めて分かった。

「ママはパンストだとムレるっていって、こういうストッキングを、ガーターベルトで吊るのが好きみたい」

「へえ」

エリカはひらひらした黒いナイロンストッキングを取りだした。

「じゃ、はいてみせるわ」

すばやく服を脱ぎ、真っ裸になった。

(だいぶ、胸も腰もふくらんできた……)

まもなく十二歳になる少女のヌードを見て亜紀彦はそう思った。下腹には、うぶ毛しか生えてなかったのが、いくぶん濃い毛が生えてきて、うっすらと黒ずんできた。日いち日とエリカは大人の体になりつつある。

くびれた腰に黒いサテンのガーターベルトが巻きついた。ごく薄いナイロンをていねいに扱いながら爪先からくるくると巻き上げるようにしてストッキングをはく。エリカの身長はそろそろ母親と並ぶほどだから、大人のストッキングでも充分にフィットする。

「ほら、こうやって留めて……」

四本の吊り紐でピンと黒いストッキングを吊りあげた。

「うわ、すごくイカすよ、エリカ」

可憐な美少女が、黒いストッキングとガーターベルトを着けたとたん、牧羊神《ぼくようしん》を惑わせるニンフに変身した。黒いナイロンがのびやかな下肢の線を強調し、ガーターベルトで区切られた白い肌が、秘部と臀部の悩ましさを誇張するようだ。

デザインといい色といい、もともと、志津絵のように成熟した女性が、性的な戯れの際に着ける下着だ。それをエリカのような美少女が着けると、奇妙なエロティシズムが生まれる。

「これを着けると、私もなんとなくヘンな気分になるんだ。ウェストがギュッと締めつけられるせいかしら……」

洋服タンスの姿見に自分の裸身を映して、うっとり見惚れるエリカだ。

少女も、こういったセクシィな下着や靴下を身につけると、性的な昂奮を呼びおこされるのだろうか、そうっと自分の下腹に指をのばして、恥丘のふくらみ、さわさわと生えてきた若草を撫でるようにした。

「エリカ……」

胸を弾ませ、亜紀彦は義妹を呼び、ベッドにうつぶせにした。

彼も服をぬいだ。ブリーフの前がつきあげられている。

「うわ、すごく昂奮しているう」

エリカは目を丸くして、うれしそうに笑った。よつん這いになり、義兄の欲望をそそるように、わざと淫らに尻をくねらせる。

「この……」

頭に血がのぼった。首根っこを押さえつけるようにして、新鮮な桃の果実のような臀丘をひっぱたく。

「ああっ！」

悲鳴をあげてつっ伏すエリカ。

バシ、バシ。ビシ、ビシ。

掌が痺れるほどの力をこめて柔肌を連続して打つ。ウェストの左右をガーターベルトで、太腿の上端を黒いストッキングで囲まれたお尻の部分が、みるみるうちにピンク色に、赤い色に染まってゆく。

「あっ。あっ、痛い……！　ああン」

泣き声をあげながら、それでも逃げようとも逆らおうともせず、さらなる残酷な打擲を求めるかのように、美少女は腫れあがってゆくヒップをうねらせる。

打たれるたびに躍る黒髪、脂汗がねっとり噴きだした肌から、甘酸っぱい処女の匂いがたちのぼる。

十回うち叩くと、亜紀彦は義妹の姿勢を変えさせた。あおむけに寝かせ、両膝を折り曲げるようにさせて足首を手で支えさせる。おむつを替えられる赤ん坊のようにお尻を露出させたポーズで尻を叩く。

「いやぁン。この恰好、恥ずかしい……」

上気した頬をさらに赤らめるエリカ。責められながら恥部まで見られてしまうからだ。

「うるさい」

妹のほころびかけた花のような印象の恥裂を目で犯しながら、亜紀彦はさらにスパンキングを行なう。黒いナイロンに包まれたスンナリのびた脚線が跳ねる。ふっくら碗型に盛りあがってきた乳房も揺れ、桃色の乳首が尖って硬くなっている。

パン、パン。

何度も叩かれるうちに少女の性愛器官が充血し、透明な蜜のような液を溢れさせる。

「濡れてきたな。エリカはいやらしい女の子だな。お尻を叩かれて昂奮するなんて……」

「やあン、言わないでぇ」

真っ赤になって首を振る。

二十回、強烈な尻打ちを浴びせた。亜紀彦の手も痺れ、熱い。

「ああン、お尻が熱い……」

スパンキングをやめると、頬を涙で濡らしたエリカが身を起こし、しがみついてきた。べッドの上で抱き合い、互いに唇を吸いあう少年と少女。エリカの手は義兄の股間をまさぐり、ブリーフの下に手をいれる。

「ああ、すごいわ……」

充血しきって先端から透明な液をしたたらせている欲望器官を握りしめ、しごくようにする。亜紀彦の手もふわふわした秘叢が萌えだした下腹に伸び、蜜液を洩らす裂け目をまさぐる。由紀彦が帰宅してから秘密遊戯を禁じられていたこともあって、二人は燃えるだけ燃えている。

「む」

「う、うン……」

たがいに刺激しあい、快美な感覚を高めあって忘我の境地にさまよいかけたとき、

「待って……」

ふいにエリカがビクッと身を硬くした。

「どうしたの?」

「車の音……。ママの車じゃない?」

寝室の下がちょうどガレージなのだ。ブルルルと独特の排気音を響かせて車が入ってきた。

亜紀彦も耳をすます。

「ほんとだ。あれ、ママのサーブだぜ」

真っ裸のままエリカは窓のところへ飛んでゆき、カーテンの隙間から外を覗いて、驚きの声を洩らした。

「大変、ママが帰ってきちゃった！」

志津絵は夜まで帰ってこないはずなのに、午後もまだ早い時間に、急に帰宅したのだ。何があったのか分からないが、とにかく彼女の寝室にはいられない。

「……！」

亜紀彦とエリカは顔を見合わせた。寝室の廊下はまっすぐ居間に通じている。出てゆけば、入ってくる志津絵と鉢合わせになってしまう。早くも出迎えた家政婦と志津絵が話している声が聞こえてきた。

「さきほど先生からお電話がありまして、先生も間もなくお帰りになるそうです……」

「あら、そう。亜紀彦やエリカは？」

「さあ、さっきまで二階にいらしたようですが、どこかに遊びに出かけたのでは……」

廊下を歩いてくる志津絵の足音。

亜紀彦とエリカは互いに脱ぎ捨てた衣服を拾い集めた。着ている暇はない。一刻も早く身を隠さないと。

「お兄さん、こっち……」

　エリカが手をひいた。寝室とは引き違いの障子戸で仕切られた納戸兼用の和室だ。裸の少年と少女が和室に飛びこんで襖《ふすま》を閉めたとき、寝室のドアが開いた。

（危機一髪……！）

　亜紀彦は安堵の吐息をついた。

「この部屋は、和服に着替えるときだけ使うの。多分入ってこないから大丈夫よ……」

　エリカが囁いた。だが、母親がまた出かけてゆくまで、ここに閉じ込められた形だ。

「子供のころ、ママによくお仕置きで閉じ込められたの思いだすわ」

　雨戸も閉めきっているので暗い。薄闇の中でエリカがクスクス忍び笑った。裸のまま、こんなところに体をくっつけあって隠れている状況が滑稽なのだ。

「しっ」

　亜紀彦は妹の唇に手をあてる。志津絵はどうやら着替えをしているようだ。

　ブオオオ。

　またガレージに車が入ってきた。

（あれ、パパも……？）

　今度は慎之介のリンカーン・コンチネンタルの排気音だ。重厚なドアが開閉する音が聞こえた。

　やがてドシドシと足音が近づき、ノックもなしにドアが開いた。

「まあ、あなた……」

　志津絵が驚いたような声を出す。

「パパだわ」

「うん」

　納戸部屋で息をころしている兄妹は、慎之介が志津絵の寝室にやってきたのでびっくりした。ふつう、父親はまっすぐ離れに入り、用があれば母親が呼びつけられるのだ。

「三津田《みつだ》の通夜は六時からだろう」

「ええ。でも、横浜ですから……」

「あの馬鹿。なんで自殺なんかしたんだ。おまけに、このクソ忙しいときに……」

　その会話で亜紀彦は両親がこんな時間に帰宅した理由が分かった。三津田というのは慎之介も親交があった俳優、三津田圭《けい》のことだ。若い頃は、熱血教師的な役で人気を博したものだ。

　昨夜、横浜の自宅で心不全で急死した――と朝のテレビが伝えていた。

（へえ、三津田さんは、自殺だったのか……）

慎之介とは事業の面でも手を組んで、かなり裕福な暮らしをしていたはずだ。その男が自殺と聞いて、亜紀彦は意外に思った。

慎之介と志津絵は、彼の通夜に行くために、着替えに戻ってきたわけだ。

(そうか……。よりにもよってこんな時にママの寝室に入りこんでしまうなんて、タイミングが悪かったなあ……)

ふいに寝室の気配が変わった。

「それでも、まだ時間がある」

「あ」

志津絵が驚いたような声を出した。

「おい。おまえの黒いドレス姿を見て、ムラムラときた」

押し殺したような慎之介の声。

「あなた……。三津田さんがこんなことになった時に……」

「死んだやつは死んだやつ。生きている間は楽しまなきゃな」

「では、離れに参りましょう」

「いや、ここでいい。どうせ誰も来ん」

「待って下さい。いま、脱ぎます……」

ドレスの衣《きぬ》ずれの音。今着替えたばかりの衣装を脱いでいる。兄妹は顔を見合わせた。

(パパはここで、ママと……？)

「ストッキングは履いていろ」

「はい」

「あいかわらず色っぽい尻だな」

慎之介の声に淫靡なものが滲む。

「ピルは使っているんだろう」

「はい、ずっと……」

「あれを使うと太るというが、おまえは、ウェストや腹にあまり肉がついていないな」

「節制しているのです。あなたに嫌われないように……」

「ふふ。感心なことを言う」

しばらく沈黙があった。

(何をしているのだろう……？)

「もっと脚を開け」

厳しい口調。

「ああ、こんな時間に……。恥ずかしいですわ」

「そこがいいんだ」

　沈黙。

「あっ……」

　顫えを帯びた志津絵の声。亜紀彦もエリカも、彼女が下着をひき下ろされた気配を察していた。

「ふふ。もう濡らしてやがる。この淫乱マゾ女……」

　バシッ！

　無残な肌を打つ音がして、エリカはびくっと体を顫わせた。

「あっ。む……ン」

　悲鳴があがる。

「効くだろう」

「はい、効きます……」

　ビシッ！

「あーっ！」

　また悲鳴。また打擲の音。素手ではない。

「どうだ、いい気分か」

慎之介の声は荒い。昂奮している。

「はい、どうぞもっとぶって下さい……」

「殊勝だな、志津絵。おれの尻奴隷」

嘲笑するように言い、この邸の主はまた後妻の臀部を打ち据えた。

ビシ！

「ひーっ！」

エリカは母親の哀切な悲鳴を聞いて、まるで自分が打ち叩かれたようにビクッと体を震わせて義兄の裸身にしがみついた。

亜紀彦は一度萎えたペニスが激しく勃起しているのを覚えた。

(パパがママを叩いている……)

彼が妄想の中で描いていた光景が、いま隣の部屋に実現しているのだ。

(見たい……！)

窃視の欲望がむらむらと湧きおこってきた。

エリカも同じ欲望を抱いたらしい。兄に指で合図しながら囁いた。

「ここから覗けるわ……」

そうっと納戸と寝室を仕切る引き違い戸を開け、覗けるだけの隙間を作った。少年と少女はそこに目をあてがい、親たちのいる寝室を覗きこんだ。

白く輝く満月のように、まん丸な裸の尻が視野に飛びこんできた。パンティをひきおろされた志津絵の臀部だ。

（……！）

彼女は、ベッドの横の絨毯の上に、両足を踏ん張るように開き、上体を折りまげ、それぞれの手で足首を摑む姿勢をとらされていた。西欧人が好む、スパンキングの姿勢のひとつだ。この姿勢をとらされると、叩かれるものは肛門から会陰部、さらに秘唇の全容まで背後からすっかり視姦されることになる。女性にとっては最高に屈辱的なポーズだ。

亜紀彦とエリカは、そんな志津絵の姿を、真後ろから眺めるはめになった。

（うわ……！）

亜紀彦にとって、衝撃的な光景だった。敬慕してやまぬ美しい継母の裸体はもとより、秘部さえ見たことがない。

セピア色したアヌスのすぼまりも、濃密な繁茂に飾られた、もう一つの女の唇がパックリ開いて、華麗にほころびた花びらの奥から透明な涎《よだれ》をトロトロ垂らしているありさまも、あからさまに見えている。

敏感な肉核は包皮を押しのけるようにして勃起している。亜紀彦が驚くほど、その突起は大きい。

（これが、エリカを生みだした、女の人の大切な部分なんだ……）

大陰唇がふっくら盛りあがっているので、秘唇の全体はほぼ円形を呈しており、それを見ただけで男根を突きたてたくなるような、言葉では説明できない誘引力を秘めて息づく、魅惑的な性愛器官だった。

（……！）

亜紀彦の肉根も、その魅惑の中心から放たれる目に見えない力に反応してか、天をつく勢いで怒張する。

よく熟れた女は、雪のように白くて艶やかな肌に、黒いナイロン製のブラジャーとガーターベルト、ストッキングを纏っていた。弔問用の黒いドレスに合わせるためだ。

パンティは繊細な総レースのスキャンティ型だったが、膝のあたりまで引きおろされ、今にも引きちぎれそうなくらい伸びきっている。

（すごい……、なんてセクシィなポーズだろう……！）

亜紀彦は尻をまる出しにされて叩かれる継母のあられもない姿に、血が逆流するような昂奮を覚えた。

従姉の悦子も豊満なヒップの持主だったが、志津絵のはもっと重量感をたたえ、しかもまろやかだ。ぷりぷりとして、いかにも弾力性に富んでいそうな脂肉だ。驚くほどキメの細かい肌は抜けるように白い。その白くて滑らかな肌に、赤い痣《あざ》が幾つも散っている。

バシッ！

彼女の夫、残酷な尻打ちマニアである慎之介が、ヘアブラシの背で思いきり殴りつけると、パッと赤い打痕が浮きあがり、みるみる紫色へと変色してゆく。

「ひどい……！」

凄惨な尻責めにエリカは自分の唇に手をあてがって息を呑んだ。

ビシーン！

「ああっ！」

がくがくと揺れ、絨毯の上に倒れこみそうになる女体。薄くて黒いナイロンのソフトブラに包みこまれたメロンを思わせる乳房が揺れる。

「どうした。まだ六発だぞ。一ダースはくらわせないとな……」

上着を脱ぎ、ワイシャツを腕まくりした慎之介がさらに腕をふるう。

ビシッ！

「ひっ、う……」

豊臀はすでに赤い打痕で埋めつくされた。重ね打ちされた部分はドス黒く、不気味な紫色に変色している。亜紀彦は信じられなかった。

（あんなに強く打たれて、お母さんもよく耐えられる……）

下向きの志津絵の顔は、打たれる瞬間に歪むが、悲鳴をあげたあと、

「うーん……」

呻きを洩らしながら、くねくねとヒップをゆする。充血しきって毒っぽくほころびている花唇から溢れた愛液が、ミルクホワイトの内腿まで濡らしている。年増美女は屈辱的な姿勢で裸の尻を打ちすえられながら、激しく昂奮しているのだ。

「私だったら気絶しちゃう……」

エリカは義兄の体にすがりついてくる。母親がビシビシ叩かれるたびに、たおやかな体がこわばる。その体から強い発情の匂いがたちのぼっている。母親が残酷に責められるのを見ながら、心理的に同化した娘も同じように打たれる錯覚を味わい、昂奮している。

十二発目の打撃は、ひときわ強く、内腿に近い敏感な部分を襲った。

バチーン！

「ぎゃ、あーっ！」

その一撃はさすがに耐えがたかったのか、志津絵は悲痛な呻きを洩らすと、同時に股間から、

ジュルジュル。

白い飛沫《ひまつ》が放物線を描いた。

(あ、おしっこ……)

たいした量ではなかったが、絨毯《じゅうたん》の上に水たまりを作った尿から、甘い匂いと湯気がたちのぼる。

「ふふ、そうとう効いたな」

ヘアブラシを投げ捨てた夫は、ズボンのベルトを解いた。

「こい、志津絵。ご奉仕だ……」

「は、はい……」

赤く腫れあがった尻をさらしたまま、股間を尿と愛液で濡らした女は、残酷な夫の前に跪いた。せわしなく手を動かし、ズボンと下着をひきおろし、下半身を剝きだしにする。かつて離れを覗き見たとき、亜紀彦が目撃した禍々しい銛のような形の欲望器官が現れた。

「わあ……」

エリカが目を丸くする。亜紀彦の倍はあろうかと思うほどの肉の凶器だ。彼の股間をまさぐり、先端を濡らしてズキズキ脈打っている器官を握る手にグッと力がこもった。

「やれ」

「…………」

両手でそれを捧げもつようにして、黒い下着姿の女は、唇をいっぱいに開け、それを呑み込んだ……。

ジュバ、チュバ。

唾液をたっぷり湛えた口腔の中で、舌がからみつく淫靡な音がした。

「えーッ……」

エリカは女性がそうやって唇に受け入れる行為を初めて見たのだ。驚いている。

「喉までだぞ」

「…………」

長大な肉茎が根元まですっぽりと埋没してゆく。真紅のマニキュアをほどこした指先が巧みに下のふくろからアヌスまでを愛撫してゆく。

「む」

慎之介が快美の呻きを洩らした。

どれくらい時間が経過したろうか……。亜紀彦とエリカが痺れたようになって見守るなかで、

「呑め」

言いざま、両手で妻の頭を押さえこむ。

（出した……）

慎之介の腰が前後に二、三度打ちゆすられた。おそらく牡のエキスがドバッとばかり、志津絵の口の中に放出されたのだろう。二人は白い喉がコクリと震えたのを見た。

（呑んだ……）

エリカが「はあっ」と溜め息をついた。

しばらく舌を絡め、丁寧に清めるようにしてから、志津絵はティッシュで彼の男根を拭った。

「ふう」

慎之介はズボンをあげた。

「ひどいわ、私の方はそのままで……」

「時間がない。あと三十分したら出るぞ」

冷たく言い捨てて慎之介は出ていった。離れに行くのだろう。

夫が出てゆくと、志津絵はベッドカバーを引きはがし、シーツの上に倒れこんだ。ベッドサイドの抽斗から、何か白い棒のようなものを取りだす。

（あれは何……？）

実の娘と義理の息子が納戸から覗いているとは夢にも思わぬ年増美女は、仰臥すると、膝のあたりに絡まっていた黒いパンティを引きむしるように足首から引き抜き、まるだしの臀部を宙に浮かすようにしてから、白い棒の底をねじった。

ウィイーン……。

スイッチが入って、モーターの唸る音がした。

「あれ、バイブレーターよ。女の人がオナニーをするときに使うの……」

エリカが耳打ちする。亜紀彦も頷いた。継母のスパンキング・ポルノの中にも、それを挿入している写真があった。

（女の人は、あんなものでオナニーするのか……）

慎之介の巨根にも負けない太さの白い、先端が尖って角のようなカーブを描いた棒が秘唇にあてがわれ、志津絵はぐっと力をこめた。ズブッと突きささり埋没してゆく淫猥な電動玩具。

ウィーン……。

振動音がくぐもる。

「あ、あうっ。はあっ、むーン……」

美しい年増女の唇から、あられもないよがり声が吐き出され、ヒップがうねうねとくねりだした。

（えーっ……⁉）

亜紀彦は息を呑んだ。

強烈なスパンキングで子宮に火をつけられた女が、満たされぬ欲望を解消するため、自慰用の器具で花芯を抉るようにして刺激しだしたのだ。

「……！」

「あっ」

呆然として見守る亜紀彦の裸身にまつわりついていたエリカが、ふいに身を屈めた。

怒張しきった器官が、美少女のふっくらした唇に含まれてしまった。

「う」

エリカは先刻、女性の唇で男性に奉仕する技巧を目《ま》のあたりに見て、さっそく実践しだしたのだ。チロチロと舌を使う。

「あ、エリカ……」

亜紀彦の理性は痺れきった。

「あ、おう、ムアア……！」

そのとき、志津絵が孤独なオルガスムスを迎えて、汗まみれの裸身をベッドの上で反りかえらせた。ほとんど同時に隣室から覗き見ていた亜紀彦は、義妹の口の中に溶岩のように滾《たぎ》る、熱い牡のエキスを放射させた。

しばらくして――。

志津絵は新しい下着を身につけ、化粧を直し、黒い喪服を纏って寝室を出ていった。その姿は貞淑な人妻そのものだ。

亜紀彦は裸のエリカを抱きあげ、まだ継母のぬくみが残るベッドに寝かせた。すんなりした脚を拡げさせ、その間にうずくまる。

義兄の顔が春草が萌えだした下腹に埋まった。濡れそぼった若々しい性愛器官を情熱的な唇で舐め、舌で敏感な肉核をねぶる。

「あ、あうっ。お、お兄さん……っ。いい、いいわ。エリカ、気が狂っちゃう……！」

初めてオーラルの愛撫を受ける少女は、悩乱の叫びをはりあげ、強烈なオルガスムスの痙攣のうちに大量の蜜液を亜紀彦の顔に噴きあげた――。

しばらくして二人はベッドからおき上がり、服を着、侵入した形跡が残らないようにしてから、こっそり継母の寝室を出た。

「腰が抜けたみたい……」

エリカはニッと笑ってみせて自分の部屋に消えた。

(体中、エリカの匂いだ……)

亜紀彦は自分とエリカの汗と体液でべとつく肌を洗おうと、浴室へ入っていった。

シャワーを浴び、体を拭っているとき、ふと脱衣スペースの片隅に置かれている汚れもの入れの籠《かご》に目がいった。

(あれ……⁉)

黒いパンティが目にとまったからだ。

「さっき、お母さんがはいてたパンティじゃないか……」

それを膝のあたりまで引き下ろした姿で、ヘアブラシの背でビシビシ尻を打たれていた光景が甦《よみがえ》る。

志津絵は出がけに、はき替えたあとの下着を、洗濯籠へ投げ入れていったに違いない。無意識のうちに亜紀彦は手を伸ばし、しなやかな繊維を拾いあげる。

(うわ、薄い。これじゃ、毛もあそこもみんな透けちゃう……)

高級なレースをふんだんに使ったスキャンティだ。レースの網目から素肌が透けてしまう。かろうじて股布の部分だけは二重になって当て布がついている。女性の秘唇に密着して分泌物や尿を吸いとる部分だ。

手にとっただけで、ぷうんと悩ましい匂いが鼻を擽《くすぐ》る。志津絵の愛用している香水〝タブー〟の、麝香《じゃこう》めいた香りと、最も女らしい場所から分泌される、理性を痺れさせるような雌花の匂い。

ぞくぞくするような期待と、後ろめたさの入りまじった感情をおぼえながら、少年は、成熟した女体に半日はまとわりついていた布きれを、そうっと裏がえして拡げてみた。

「あ……」

クロッチの布は、ねっとり白い、糊をとかしたような粘液がまぶされていた。志津絵の膣口から吐き出された濃密な愛液が、まだ乾いておらず、煽情的な芳香を放っている。

「ああ」

亜紀彦は呻いて、黒いレースを顔に押しあてた。いきなり勃起がはじまった。みるみるうちに充血し、下腹を打たんばかりの角度で膨張する。

（これが、本当の女のひとの匂いなのか……！）

さっきくちづけしたエリカの秘部は、ツンと鼻をつく酸っぱいような匂いに、おしっこの匂いがまじったものだった。いま嗅いでいる、濃艶きわまりない匂いとはまったく違う。

はげしく分身をしごき立てながら、柔らかい布に染み込んだ蠱惑的な臭気を麻薬か何かのようにふかぶかと吸い、はやくも立っていられなくなり、タイルに膝をついてしまった亜紀彦だ——。

2

それ以来、亜紀彦は入浴するたびに注意深く、汚れもの入れの籠を調べた。

志津絵は日に二枚は下着をはき替える。おりものの多いときは朝、夕刻、就寝前と、三枚はき替える。

シルクをつかった高級なランジェリーはクリーニングに出されるが、それ以外のものは亜紀彦やエリカのものと一緒に、二日おきぐらいに家政婦がまとめて洗う。たくさんあるから、一枚ぐらい亜紀彦が失敬しても分かりはしない。

(だって、お母さんは百枚ぐらいパンティを持っているんだもの)

志津絵の寝室でランジェリー類のおさまっている衣装戸棚を見たとき、パンティだけでもそれくらいあった筈だ。

継母は下着の類にもかなりおしゃれだということが分かった。

ふだん着の下にはくコットン素材のパンティでも、ごく薄くて伸縮性に富み、ぴったりと下腹やヒップにフィットする高級品を用いている。外出の時はナイロンやシルク素材のもので、繊細なレースや刺繍、カットワークがほどこされた一流ブランドの舶来品だ。

色は黒が多く、次いで赤や藤色、淡いブルーなど。ベージュや白、ピンクなどは少ないので、籠を開けたときに、エリカのものか継母のものか、即座に見分けがつく。

亜紀彦はこっそり二枚ほどを持ち帰り、伸縮性の強い一枚をはき、その密着感とすべすべした繊維の感触を楽しむ。それと同時に、汚れやしみの多い一枚を裏返しにして匂いを嗅ぐ。その芳香が彼を昂奮させ、たちまち激しい勃起を呼びおこすのだった。

そうして、孤独な愉悦の夜が始まる――。

エリカとの出会いが前のようにままならなくなっただけ、亜紀彦は継母の下着にしみこんだ匂いに魅惑され、のめりこんでいった。

しかし、そのことはエリカにも秘密だ。それを知ったら嫌悪感を抱くか、あるいは嫉妬めいた気持ちを抱くのではないか、と亜紀彦は思ったからだ。

エリカとの密会も続いた。

やはり二階の部屋では難しいので、母親の寝室で戯れる。

そういう時は、継母の衣装タンスからエロティックなランジェリーを探しだして、エリカに装わせた。

早熟なエリカも、そういった下着が男性の欲望を刺激することを心得ているのか、特に亜紀彦が好むガーターベルトとストッキングの衣装は、さまざまな色のパンティと組み合わせて着けてみせるのだった。

ある日の午後、激しい戯れのあとの気だるいひととき、エリカが奇妙なことを言い出した。

「お兄さん、あのね……。エリカ、昨日妙なものを見ちゃった……」

「妙なものって？」

「お昼頃、由紀彦兄さんが、この部屋から出てきたの……」

「えっ⁉」

亜紀彦は身を起こしてまじまじと義妹を見つめた。

「本当かい、それは？」

「うん。本当だよ。私、ちょうど二階から下りてきたところで、由紀彦兄さんは車椅子ですうっと廊下から出てきて、リハビリ室のほうへ出ていったの。廊下はこの寝室にしか通じてないんだから、ここから出てきたのはまちがいないわ」

「だけど、由紀彦兄さんが、どうして……？」

亜紀彦は首をひねった。

留守の時を狙って継母の聖域である寝室に入りこんだというのは、何かを探そうとしたのではないだろうか。

（下着かな……？）

自分が志津絵のランジェリー類に魅惑されているから、そう思ってみたが、そうではなさそうだ。

亜紀彦と違って、由紀彦は女性らしいものにあまり興味を示さない。いや、女性そのものにもだ。

父親に似て苦みばしって、もっと精悍なマスクの由紀彦は、体格も日本人ばなれして逞しく、中学、高校時代をとおして抜群に女の子にもてたが、いつも無視しているようなところがあった。

（兄貴は、ぼくみたいに女の子のことを考えて勃起したり、オナニーのことで悩んだりしないのだろうか……）

不思議に思うことがある。継母の志津絵を「財産目当てにこの家にやってきた女だ」と罵《のの》しっているし、エリカも近づけない。

そんな由紀彦が、よりにもよって志津絵の寝室に忍びこんだという。

「下着なんかじゃ、なかったよ」

亜紀彦と同じことをエリカもかんがえたようだ。

「じゃ、何だい？」

「分かんない。でも、なんだか気味の悪いニタニタ笑いをしてたわ」

由紀彦を好きではない美少女は、嫌悪感を露わにしてぶるっと震えた。

「妙なことも、あるもんだなあ……」

亜紀彦にはさっぱり見当もつかない。

「こないだ、階段のところで昇降機にうまく乗れないでいたから手伝おうとしたの。そうしたら由紀彦兄さん、『うるさい、よけいなことをするな！』って、すごい剣幕でにらみつけるのよ。私、泣くところだったわ」

「それはひどいな……。でも、兄貴は膝がダメになったショックが大きいんだ。そんなに意地悪な人間じゃ、ないんだけどね……」

そう庇《かば》いながら、亜紀彦も、事故以来、兄の人間性がガラリと変わってしまったことを認めている。

考え方は単純で、陽気で、あけっぴろげな性格だった。幼いころは亜紀彦ともよく一緒に遊んでくれたものだ。運動神経が抜群で、体を動かすことなら何をやらせても上手な兄のことを、亜紀彦は昔から尊敬の念で慕ってきた。

ところが、両膝をいためため、かろうじて切断を免《まぬか》れた由紀彦は、積極的に生きる意欲をなくしたように見える。リハビリ運動も機嫌が悪いと中止し、すぐにリハビリ療法士と喧嘩になる。おかげでまだ車椅子から離れられない。そして、志津絵やエリカはもちろん、亜紀彦も遠ざけ、自分の部屋では酒びたりになっている。十八歳なのに、すでに彼の心は朽《く》ちているようだ。

「どこかリハビリ専門の施設がある病院に入院させ、皆と一緒に強制的にリハビリをやらせてはどうですか。この家にいてはわがままがとおるので、効果がありませんよ」

専門家がそうアドバイスするのだが、由紀彦のいうことなら何でもきく慎之介は、甘やかされた息子が「いやだ」というと、厳しい専門施設へ送ることを断念した。

その夜のことだ。

たまたまキッチンに顔を出した亜紀彦は、そこで志津絵と由紀彦がちょっとした口論をしているのを立ち聞きしてしまった。

「どうしてそんなにお酒ばかり呑むのですか。体のためにも、リハビリのためにもよくないんですよ。お父さまも出かけるときにおっしゃってたじゃありませんか……」

志津絵が義理の息子をさとしている。どうやら由紀彦は、自分の部屋でビールを呑んでいて、それがなくなったので階下まで探しにきたらしい。

「いらぬお世話だよ、継母《かあ》さん」

「私が言うのは、由紀彦さんのためを思ってよ」

「ふん、何をシラジラしい」

そうとうに酔っているらしい十八歳の少年は、車椅子から身をのりだすようにして、志津絵に向かって指をつきつけた。

「そうやってあんたが、オレや亜紀彦の母親みたいな顔をしてるのも、そう長いことじゃないぜ……」

志津絵が妙な顔をした。

「どういうこと、それは……？」

由紀彦はニンマリ笑った。

「おまえの汚いたくらみは、すっかり読めてるってことよ。あさってには親父が沖縄ロケから帰ってくる。そうしたら、何もかもオレが教えてやる」

「何のこと、由紀彦さん……？」

「まあ、いいって。その時になりゃ分かる」

ふん、と嘲笑する表情をして、ビールの缶を手にするとクルリと車椅子の向きをかえて出ていった。

「…………」

その後を目で追う志津絵の表情は青ざめ、こわばって、とても亜紀彦が声をかけられるような雰囲気ではなかった。

（お母さんはどうしたんだろう？　由紀彦兄さんに何か言われて、ショックを受けたみたいだったけど……）

自分の部屋に戻った亜紀彦がそのことを考えていると、

「おい、亜紀彦」

隣室の兄が呼んだ。

「話がある。こっちへこい」

酔っぱらっている兄とは話したくなかったが、逆らうと怖い。車椅子に乗っていても、フットボールで鍛えた肩や腕の筋肉は隆々としていて、暴れたりしたら手がつけられない。

「なに、兄さん……？」

弟がおずおずと兄の部屋に入ってゆくと、車椅子から降りてベッドに寝転がっていた由紀彦が、淫靡な笑いを浮かべてさし招いた。部屋の中には煙草の煙とは違う、甘いような妙な香りのする煙が漂っていた。

「おい、亜紀彦。なんだ、これは……」

兄が手にしたものを見て、

「あっ……」

由紀彦は赤くなり、青くなった。

ひらひらした藤色の布きれは、彼が今日、脱衣所の籠からこっそり持ち出してきた、志津絵のパンティだった。外出用のシルクで、裾まわりに精緻なレースワークがほどこされている、優雅でセクシィなフランス製のフレアーパンティだ。

「ひどいよ、兄さん……」

泣きそうな顔になった五歳下の弟だ。いつの間にか彼の部屋に入って、枕の下に隠してあったそれを見つけたのだ。

「何を言ってるんだ。こんな汚ねえもの持ちだして。どうせセンズリこくなら、あんな淫売女のパンティじゃなく、もっとマシなのを使え」

酔った兄の目は赤く充血して、白目はどんより黄色に濁っている。不精髭《ぶしようひげ》をはやし、髪もボサボサだ。体からは獣臭い不快な匂いが発散している。

「返してよ」

手を伸ばすと、その手を逆にグイと摑まれた。

「おまえ、バカだな。あんな性悪女にイカれて。だから言ったろうが。気をつけろよって。

ま、親父もコロリとまいっちまったぐらいだから、無理か……」

何を言ってるのだか、亜紀彦には分からない。

酒臭い息を吐きながら、由紀彦は机の抽斗から一冊の手帳を取りだした。赤い表紙の女性が使っているような手帳だ。

「これを見ろ」

「なに、それは？」

「あのタヌキ女を追い出す証拠さ。明後日、親父が帰ってきて、こいつを見たら驚くぞ。あっという間にあのタヌキ母娘は叩き出される。うははは」

亜紀彦には、兄が何を企んでいるのか分からない。ただ、その手帳に継母の重大な秘密が書かれているらしい。

（どこまで本当なんだろうか？）

亜紀彦はいぶかしんだ。由紀彦は手帳を元の抽斗にほうりこんだ。

「というわけだ。な……」

ふいに強い力で利腕《ききうで》をひねられ、苦もなくベッドにひっくり返された。脚が不自由でも、亜紀彦ぐらいの少年なら二人がかりでも負けはしまい。

「あっ……。何をするの⁉」

「牝猫みたいな女なんかに狂いやがって。オレがもっといいことを教えてやる」

弟の華奢な体を押さえつけておいて、一方の手が彼のはいているショートパンツに伸びる。

亜紀彦は仰天した。

「やめてよ。ふざけるのは」

由紀彦の目はギラギラ血走っている。

「てめえ、言うことを聞け。おとなしくしてないと、親父に言いつけるぞ」

「言いつけるって、なにを……？」

「エリカのことだ。親の目を盗んでエリカといちゃついてるんだろ？　親父が知ったら、どう思うかな？」

「……」

亜紀彦の体から力が抜けた。

（由紀彦兄さんは、知ってるんだ……）

一日中、なすこともなく車椅子に座っているのだ。弟や義理の妹の秘密の関係にカンづいても、不思議はない。

「ジッとしてろ。エリカなんかとじゃれるより、もっと気持ちよくしてやる……」

下半身から下着も脱がされ、上はTシャツだけにされた。

「ほう、しばらく見ない間に、ずいぶん成長したじゃないか。毛もこんなに生えて」

美少年の股間を見て、目をギラつかせる。うつぶせに転がされた。百キロちかい体重がのしかかって、亜紀彦はウッと呻いた。アメリカン・フットボールの名門大学に進むはずだった由紀彦にとって、華奢なからだつきの弟など、赤子を扱うようなものだ。

「あ」

股間をまさぐられ、亜紀彦は羞恥に悶えた。屈辱の涙が頬を伝う。ようやく分かった。

「ふふ。カワユイもんだ。おお、おお、一人前にむけてるじゃないか」

(兄貴は、ホモだったんだ……！)

もともと、その性向があったのだろうか。それともアメリカでフットボールのチーム・メイトと暮らしているうちに覚えさせられたのだろうか。亜紀彦より五歳上で、頑健な肉体を持った兄は、異性より同性に関心のある人間になっていたのだ。

「やめて、兄さん……」

うつ伏せにされて尻をあげさせられた。

軟膏のようなヌルヌルしたものが肛門に塗りたくられる。

荒い息づかいをしながら、自分も下着を脱いで背後からのしかかってきた。

「あー……っ！」

ぐいとアヌスに硬くて熱いものが押しつけられ、ぐりぐりと侵入してくる。すぼまりを裂かれるような痛みが走り、亜紀彦は哀れな悲鳴をあげた。

「うるさい」

口に藤色のシルクが押し込められた。香水〝タブー〟の匂いと、もっと肉感的な、乳酪めいた匂いが広がる。

「む、うぐく……」

ばたばたと暴れる尻を一度、こっぴどくひっぱたいておき、

「うぬ」

臀裂を押しわけて、もう一度肉の凶器が侵略した。

「が、があ、ぐふふふ……」

ヌルヌルした軟膏で潤滑された、由紀彦の父親ゆずりの巨根が力まかせにめりこんできた。身を裂く苦痛。亜紀彦の目の前に火花が散った。

「こら、力を抜け。でないとよけい痛い思いをするぞ……」

亜紀彦は、かつて従姉の肛門に自分の器官を突き立てたときのことを思いだした。あの時、悦子は挿入するときに息を吐き出した。

観念して「はあっ」と息を吐いた。ふいに苦痛が薄らいだ。亀頭が一番狭い門を貫通した

のだ。次いでズーンという衝撃が直腸を襲った。根元まで突入した。

「おお、やっぱり締まりがいいなあ。最高だ……」

十八歳の少年は弟の肛門を楽しみながら、快美の呻きを洩らす。

前に手が回ってきて、恥毛の繁みをまさぐる。

「ほら、気持ちいいだろうが。こんなに立ちやがって……」

勝ち誇ったように由紀彦はいい、美少年の弟は泣きじゃくった。しかし、彼が勃起しているのは事実だ。

（どうして立っちゃうんだろう……？　こんなに痛くて苦しいのに……）

兄はゆっくり自分の逞しい分身を抽送しだす。抜かれるときは背筋が戦慄するような不思議な感覚がわく。逆に、突き入れられるときは、やはり身を裂かれるような苦痛だ。

「ぐ、ぐふ」

継母のパンティを嚙みしめて呻き悶える。毛深い頑丈な肉体の下で、犯される美少年の肉は少女のそれのように頼りなく、切なく打ちふるえている。

「う、ううむ……。もっと締めろ。そうだ、その調子……」

弟の直腸を犯す由紀彦は、締めつける粘膜の緊縮を楽しみながら、ヌルヌルとカウパー腺液を溢れさせている弟の器官を、掌と指の腹でたくみにこすりたて、しごきたてた。

「む、ぐ……」

肛門から直腸にかけては苦痛、陰茎は快楽。交互に責めたてられ、亜紀彦の裸身は汗まみれになってくねる。

「おお、いい。いいいい」

由紀彦は忘我の境地だ。弟の欲望器官をまさぐりながら、やがて歓喜の声をはりあげた。

「ああ、いいぞ。なんていいんだ、亜紀彦！　う、ううむ。あう……。おう、おうおおおお」

ダバーッ、ドクドクドクッと、大量の精液を勢いよく亜紀彦の狭い直腸の奥へ噴きあげた——。

腸壁に受けた刺激が引金になったのか、亜紀彦も噴きあげた。

「あ、む……あっ」

ねっとりした液が由紀彦の掌を汚す。

「最高だぞ、亜紀彦。どうだ、女とやるよりこっちの方がずっと気持ちいいだろう……」

射出した後も萎えない器官を抽送し続けながら弟の耳に熱い息を吹きかけ、括約筋を締めつけるように命じる。言われたとおりにすると、由紀彦のそれは、また膨張しだす。

（すごい回復力……！）

亜紀彦はまた腸奥を突きたてられて、恐怖を覚えて泣きじゃくった。

由紀彦が二度放出するまで、亜紀彦は解放されなかった——。

（地獄だ……）

ようやく兄から解放されたのは、真夜中を過ぎた頃だった。

浴室でシャワーを使ったが、ずっと奥まで注ぎこまれた白濁液は、少しずつ洩れでてきて下着を汚し、気持ちが悪い。肛門の粘膜が裂けたらしく、少量だが出血もしている。

（こんなこと、毎日されたら気が狂っちゃうよ……）

亜紀彦は啜り泣いた。

五つ年上の兄は、「これから毎晩、かわいがってやるからな」とうそぶいたのだ。

弟の肛門の中に突きたてたまま二度も射精した精力の持主だ。その気になれば毎晩でも彼を犯せるだろう。

しかし、亜紀彦を当惑させているのは、肛門を犯されることが、正直言って、苦痛ばかりではない——ということだ。

直腸いっぱいに熱い、ドクンドクンと脈動する肉の杭が打ちこまれると、重苦しい、不快とは紙一重で違う、不思議な感覚がそこを中心にわきおこる。

さらに、いきり立ってヌラヌラした透明液を吐いている肉茎をなぶられると、苦痛、羞恥、屈辱といった感情がごっちゃになった奥から、えもいわれぬ快美な感情が生みだされ、思わず女の子のように甘い呻きを洩らしてしまったではないか。

（いったい、どうなっているんだ……？）

初めての体験に、亜紀彦は混乱しきっている。

（お母さんやエリカが、お尻を叩かれるのも、これと同じようなことなのだろうか……）

ふと、そんなことを思ってもみる亜紀彦だ。苦痛と快感、屈辱と悦楽の境界線が、それほど明確なものではないのかもしれない。

やがて、初めてのアナル体験に疲れきった少年は、頰を涙で濡らしながら深い眠りに引きずりこまれていった。

どれほど時間がたったろうか。

ガガーン！

ズシン！

ガシャーン！

凄い物音がした。壁と床が振動した。

熟睡していた亜紀彦は目を覚まし、

（地震だ……！）

飛び起きた。

叫び声を聞いたような気がする。

振動は一瞬だけだった。地震ではない。

「誰か、誰か来て……！」

志津絵の声が聞こえた。階下からだ。

亜紀彦はあわてて廊下に飛びだして階段に走った。後ろからエリカもついてきた。

「どうしたの、お母さん……」

階段から下を見下ろし、志津絵の姿を認めて声をかけた亜紀彦は、その場で凍りついたように立ちすくんだ。

「あっ……」

背後でエリカが息を呑む。

階段は玄関ホールの正面に下りるようになっている。途中に踊り場はない。車椅子用の昇降機を壁側にとりつけたので、その分を横にひろげて改造したから、かなり幅は広くなっている。

由紀彦の車椅子が、その階段を転落したらしく、玄関にまで飛び出していってガラス戸を叩き割ってひっくり返っていた。

それに乗っているはずの由紀彦は、階段の中途で、大の字になって、二階を見上げる形で倒れていた。目はカッと見開かれて、舌が口から飛びだしている。

そのうえにネグリジェ一枚の志津絵が覆いかぶさっている。彼女は必死になって、由紀彦の首のあたりをまさぐっている。

その時になって、一本のロープが階段の手すりの一番上から、兄の首にまでぴいんと伸びているのに気づいた。

(首吊り……)

そう思ったとき、ようやく志津絵が首に巻きついた縄をほどいた。体重でズルズルと階段の残りを滑り落ちてゆく由紀彦の体。口から鮮血が溢れた。どしんと床に落ち、ゴロンと横向きになる。

「由紀彦さん、由紀彦さんっ！　しっかりして……」

志津絵が抱きおこしてゆさぶると、十八歳の少年の首は奇妙な角度にグラリと曲がった。

「奥さん、ダメです……。首の骨が折れてますよ」

家政婦が志津絵を引き離した。運転手が電話で救急車を頼んでいる。この家に寝泊まりしている療法士の青年が下りてくると、由紀彦の手首をとって脈をみていたが、

「死んでますね」

ボソッと言った。

誰も泣きはしなかった。志津絵以外は取り乱している者もいない。

「まさか、こんな思いきったことをするとはねぇ……」

家政婦が呟いた。

「よっぽど将来を悲観したんだなぁ。まったくリハビリをやる気がなかったから……」

療法士も呟いた。彼もあまり意外なこととは思っていないようだ。


警察がやってきて検視が行なわれた。

状況から見て、由紀彦の衝動的な自殺とみなされた。

夜半、身体障害者となった自分の将来に絶望した少年は、物干しに使っていたロープの一端を階段の上の手すりにゆわえつけ、もう一方の端を自分の首に結びつけた。それから廊下を猛烈な勢いをつけて走り、階段から車椅子ごとジャンプしたのだろう。

車椅子は宙を飛んで玄関ホールに落下したが、乗っていた由紀彦は、縄が伸びきったところで強い力で後ろに引っ張られた。

由紀彦の体重は約百キロ。巨体の重みが一瞬にして首に結んだ縄にかかった。頸椎が折れ、瞬時に彼は絶命した——と思われる。

部屋に遺書などは残されていなかったが、その前何週間にもわたってかなりの酒を吞み続け、自暴自棄的なふるまいに及んでいたことは誰もが認めている。おまけに、彼の部屋からは、かなりの量のマリファナが発見された。帰国するとき、荷物の中に隠して持ち帰ったらしい。

「アルコールを吞み続け、慢性アルコール依存の症状が出てくると、やがて急激に抑うつ反応が表れることがあります。何をやってもダメだ、もう救いはない、という絶望的な気持ちになるんですね。そういう時、衝動的に自殺する人が多いんですよ。マリファナは、バッド・トリップした場合、そういった衝動を助長したかもしれません……」

検視した医師は、家族にそう説明した。

悲報はすぐに沖縄でロケ中の慎之介に伝えられた。

「バカめ……」

息子を最後まで甘やかした父親は、飛んで帰ってくると、柩《ひつぎ》に向かって叫び、ガックリとくずおれたものだ。

有名スターの長男が自殺——ということで、由紀彦の死は一時的にマスコミの芸能ニュースを騒がせた。

しかし、アッという間にそれは過去のものになり、一カ月もたたないうちに誰も彼のことなど忘れ去ってしまった。

黒島慎之介の邸にも、静けさが立ち戻った。

親友の三津田圭が自殺したのに続いて、期待をかけた最愛の息子を失なった慎之介の落胆は大きく、しばらく芸能活動を中断し、事業も人まかせにして、伊豆にある別荘に引きこもり続けた。息子が自殺を決行した自宅にいる気にはなれない――というのだ。

「おれが間違っていた。あの時、殴りとばしてでも、リハビリ施設に入院させるのだった……」

終日、そのことばかり悔いて、酒を呑みつづけているという。

亜紀彦とエリカの生活は、元に戻った。二階は二人だけのものになり、好きなときに好きなだけ、秘密の性愛遊戯に耽ることができるようになった。

（由紀彦兄さんには悪いけれど、いなくなってくれてホッとした……）

亜紀彦はそう思わずにはいられない。

彼が生き続けていたら、亜紀彦は毎晩、兄のベッドに呼びつけられ、彼の獣欲の餌食になっていたに違いない。

それを考えると、身震いがする。

（ぼくのほうが自殺していたかもしれない……）

あの手帳のことを思いだしたのは、葬儀もすんでしばらくたってからのことだ。

（そういえば、何か赤い手帳を見せて、ヘンなことを言っていたなあ……）

こっそり兄の部屋にゆき、机の抽斗を全部調べてみたが、赤い表紙の手帳は影もかたちもなかった。由紀彦の死の直後、警官が志津絵立ち合いで彼の部屋の捜索を行なっている。遺書がないかどうか調べるためだ。そのときに持ち出されたのかもしれない。

（結局、誰も何も言わないのだから、すべて何もなかったことなのだ……）

亜紀彦は自分にそう言い聞かせた。

3

また春がやってきて、亜紀彦は中学三年になった。エリカは名門ミッション・スクールS――学園の中等部に進んだ。
S――学園の制服はオーソドックスな紺色のセーラー服だ。ラインは白三本、スカーフは群青《ぐんじょう》色で、ふくよかに盛りあがった美少女の胸に、スカーフ留めの赤い色が映える。スカートは十八本のプリーツが入る襞《ひだ》スカートだ。

その制服姿を初めて見たとき、亜紀彦は、

「うわ」

目をみはった。清純そのものの可憐な女子中学生だ。

「カワユイ。よく似合うよ、そのセーラー服……」

「そう？」

エリカは嬉しそうに笑い、義兄の前でクルリと一回転してみせた。将来はダンサーになるのだと言っているだけあって、身のこなしは軽やかだ。

ミニ丈の襞スカートがふわりと舞い、白いソックスをはいた形のよい脚が膝小僧のずっと上のほうまでのぞいた。

「とても、お尻をぶたれてワンワン泣いているエリカと同じ女の子とは思えない」

「ばか」

睨む。その視線がゾクッとするほど大人っぽく妖艶だ。

——二人がずっと続けている性愛遊戯のなかで、尻叩きはいつでも欠かせない、儀式めいたものになっている。

初めてセーラー服を着たエリカも、さっそく義兄の膝の上でうつ伏せにされた。

襞スカートとスリップがまくられ、白いコットン素材のパンティがひきおろされ、新鮮な果実のような、艶やかなまるい尻がむきだしにされる。

セーラー服のよく似合う美少女を、素手でビシビシとスパンキングするうち、亜紀彦は激しく昂奮し、彼女を自分の股間に跪かせて可愛らしい唇にいきりたった牡の器官を突きたて、激しく腰をゆすりあげたものだ。

しかし、中学生になったエリカは、まだ実母にもお仕置きされている。前ほど頻繁ではないが、それでも時おり、志津絵の部屋に呼びつけられるのだ。

「ママはね、私のお尻を叩くことで、欲求不満やストレスを解消しているのよ」

エリカはいつの間にそんな言葉を覚えたのか、ケロリとして言ってのける。

そうかもしれない。

愛息の由紀彦を失なってから、父親の慎之介はますます家に帰らなくなった。そのぶん、志津絵との性生活も少なくなった。

まだ四十まえ、女ざかりの年齢にある志津絵が性欲をもて余しても不思議はない。

(そういうときは、あのバイブレーターでオナニーをしているのだろうか……？)

そんなことを考えてしまう亜紀彦だ。

しかし、志津絵が時おり娘をお仕置きするのは、あまり家にいることのできない母親が、娘とのスキンシップの関係を保とうとするひとつの手段、あるいは儀式のようでもある。

さすがに、乳房もヒップも女らしく張りだしてきて、下腹の翳《かげ》りも濃くなってくると、志津絵も娘を真っ裸にしてお仕置きすることはしなくなった。

お尻を叩くときもスリップは許して、パンティをひきおろして叩く。その後に行なわれるお縛りも同様だ。

ただ、一度だけ例外があったという。

中等部の制服を着るようになった頃のことだ。お尻叩きの後で、エリカは珍しく全裸にされて柱に縛りつけられた。

いつもなら、そのまま置き去りにして反省させる志津絵だが、その日は「お縛り」にした娘の裸身を上から下まで検査するように眺め、乳房や下腹の翳りも指で触るのだ。

エリカは最初、母親が悪戯をしているのだと思って、

「ママ、くすぐったい」

キャッキャッと無邪気に笑った。だが、志津絵の目がいつになく厳しく、無言なので、

「…………」

びっくりして笑うのをやめた。

柔らかくて細い春草の繁みを撫でた指が、その下へと伸びたとき、

「やン、ママぁ……」

娘は泣きそうな顔になって腿をぴったりと合わせた。いくら母親でも、秘部を見られるのは恥ずかしい。それに、体を検査される理由が分からなかった。

「おとなしくしなさい」

パンとミルク色の腿を平手で叩き、ぐいと内腿をこじあけた志津絵は、ツと指を入れ、ふっくら脂肪のついた大陰唇から顔をのぞかせたスミレ色の花弁に触れた。

「いやだあ……」

花びらを左右に拡げられたとき、エリカは泣きだした。志津絵はじっとピンク色の粘膜を眺め、人さし指をさしこんできた。

「あっ」

エリカはぴくんと裸身を顫わせた。

ようやく謝った母親の顔が一転して柔和なものになった。その時初めて、エリカは自分の処女性が検査されていたのだと気がついた。

「ごめんね、エリカ……」

(私と、亜紀彦兄さんのことを疑っているのかしら……!?)

亜紀彦とは、手や指の他に、唇や舌の愛撫もかわしている。彼の噴きあげたエキスを口の中で受けるし、また、秘唇を吸われながら義兄の顔に愛液を浴びせながら果てるときもある。それでも二人は、まだ性器の結合を遂げていない。

脱がせたパンティをはかせて、志津絵はさとすような口調で、

「エリカ、バージンは考えもなしにあげちゃダメよ。よく考えて、本当に好きな人にあげるのよ……」

そう言って部屋を出ていったのだという。

「へえー……」

それを聞いた亜紀彦は、継母の真意をはかりかねた。

彼女が、義理の息子と実の娘の間に何かがある――と勘づいてもおかしくない。二人がひそかに戯れあうようになって、もう三年になる。性欲の強まる年頃の亜紀彦と、好奇心の旺盛なエリカの間を懸念するのは当然だし、母親の目には、二人の秘密はとっくにお見とおしなのかもしれない。

（ぼくに、間接的に注意したのかな……）

亜紀彦は、そうも考えた。

もし本当に娘の処女性を危惧するのなら、二人の個室を離すべきだろう。今までどおり二階に住まわせながら、エリカの身体検査をするというのは、

（エリカと楽しんでもいいけど、ある一線を越えてはダメよ……）

継母が無言で警告していると受けとれなくもない。

小学校ではリズム・ダンスのサークルに入っていたエリカは、中等部では新体操部に入部した。

そうなると放課後に練習があるし、日曜日も大会とか高等部との合同練習とやらで出かけることが多く、練習がきついときは夕食後にはバタンキューと眠ってしまう。

亜紀彦もパソコン・クラブの部長に選ばれて、部活に時間をとられるようになり、二人が性愛遊戯に耽る回数は、以前よりずっと少なくなった。

それでも週に一、二回はこっそり戯れあう。そんな性の遊戯をどの線にとどめておくか、事実、むずかしいところにきている。

男の子の欲望は、射精によってひと区切りがつく。しかし、女の子の場合は単に絶頂して終わりというわけにはゆかない。

オルガスムスにもC感覚――クリトリス感覚と、V感覚――膣感覚の両方があり、それが子宮という奥深い器官と関係しあっているから、男の子のように単純なものではない。

また、牝としての本能が、自分の膣に男性の器官を受け入れることを要求する。自分の子宮に精液を受けたいという欲求だ。

　エリカは亜紀彦の手指や口で、主としてクリトリスを刺激されてオルガスムスを得ていたのだが、生理も周期的に訪れるようになると、たんにクリトリス刺激による快感では不満になってきたようだ。

「ねえ、お兄さん。エリカのここに、入れてもいいのよ……」

　中学生になる前、そう迫ってきたことがある。「子宮が疼く」という内部感覚を味わいだしたのはこの頃かららしい。

「ダメだよ、それは……」

　亜紀彦にしたって、従姉と楽しんだように、義妹とセックスしたいのはやまやまだ。

（でも、それだけは……）

　努力して自制しているのだ。

「妊娠が心配なの？　だったらママのピルを使えば大丈夫よ」

　と、エリカは言う。そういうことに関しては彼女のほうが詳しいくらいだ。志津絵は経口避妊薬を大量にストックしてあるという。

「違うよ、そういうことじゃないんだ」

　エリカに分かるように説明するのは難しい。なんといってもエリカは、まだ十三歳なのだ。いたいけない無邪気な少女を誘惑して、バージンまで奪ってしまうことに、亜紀彦はどうしても罪悪感を抱いてしまう。

エリカは義兄の悩みが分からない。

「私たちのクラスでも、もうバージンじゃない子が、五、六人いるわ」

級友の女の子たちの中でも、早い子は小学校四年生ぐらいのときに、初体験をすませているのだという。聞けば、相手はやはり親戚の子とか兄が多いらしい。

彼女としては、そういう子たちに対して競争心めいたものを抱いている。早く自分も、未知の世界に足を踏み入れてみたいのだ。

「ママの言うとおり、バージンは本当に好きになった男の子のためにとっておくんだね」

「つまんないの……」

ふくれっ面をするが、だからといって亜紀彦以外の少年たちと交渉を持とうという気もない。どうやら初体験の相手は亜紀彦以外に考えていないらしい。

亜紀彦は亜紀彦で、志津絵の下着に対する執着を、ますます強めていった。

志津絵の体臭や分泌物がしみこんだ下着を、こっそり汚れものの籠から盗みだす行為はずっと続いている。

継母の高価でセクシィなデザインのランジェリー類は、彼にとって成熟した女性の象徴のようなものだ。

そんな義兄の嗜好を知っているエリカは、母親の衣装タンスから持ちだしたガーターベルトや黒いストッキングを纏ってみせるが、若鮎のようにピチピチしたスレンダーな肢体には、やはり西洋のポルノ雑誌に載っている美女たちの妖しいエロティシズムを期待するのは無理だ。

（お母さんがこんな下着を着けている姿を見たいものだ……）

前より頻繁に志津絵の寝室に忍びこむようになった亜紀彦は、まるでお花畑のように極彩色の下着類が詰まった抽斗を見て溜め息をつく。

志津絵は以前より帰宅が遅くなった。土曜日曜も出かけることが多くなり、子供たちと顔を合わせる時間が少なくなった。だから、あまりビクビクせずに入りこめる。

志津絵の生活が変化したのは、慎之介の俳優活動が沈滞したからだ。

期待していた由紀彦を失なったショックで活動意欲が失なわれたことも原因だが、彼の死が自殺で、しかもマリファナやアルコール中毒もからんだスキャンダラスなものだったことが、いろいろな影響を及ぼしたのだ。

中年期になって築きあげてきた慎之介のイメージ——頼りになる父親像は崩壊してしまった。コマーシャル契約はすべて打ち切られ、俳優の仕事も激減し、お声がかかっても、ギャングのボスのような悪役的なものばかりになった。

「それならそれで、開きなおって個性的な悪役俳優をめざしたらどうか……」と忠告されても、本人には、かつて二枚目の剣豪スターだったというプライドがあって、おいそれとは方向転換できない。しだいに、芸能界で黒島慎之介の名が語られることは少なくなっていった。

仕事のないまま、昼はゴルフ、夜は酒色に溺れるようになって家にも帰らなくなった慎之介だが、黒島家の財政は破綻しなかった。志津絵が慎之介に替わって経営の才を発揮しだしたからだ。

自分が任せられていた小さなブティックを、都心に三つも支店を出すほど成長させた。六本木のクラブは支配人がつまみ食いして赤字だったが、全員を解雇して、思いきって若者向けのカフェバーに改造してしまった。誰もが危ぶんだ冒険だったが、それが図にあたって収益が倍増した。

「あの奥さん、なかなかやるじゃないか……」

当初は「ホステスあがり」ということで志津絵を疎んじてきたマネージャーや事務所のスタッフは、いつしか、美人で人あたりのよい彼女の忠実な部下になっていった。社長である慎之介がそれだけ頼りなくなっていたからだろう。

やがて若い男性向けのブティックもオープンさせ、ここでも予想以上の利益をあげた。慎之介が役者をやって稼がなくとも、志津絵がきりもりして稼ぐ金で、黒島家の財政は以前にもまして潤沢になった。

当然、あちこち駆けまわらねばならず、パーティなどに顔を出すことも多い。亜紀彦にとっては、それだけ継母の寝室に忍びこみやすくなったわけだ。

義理の息子は、やがて下着の詰まった衣装タンスばかりではなく、志津絵のプライベートなものが収められた机や本棚なども探索するようになった。

（由紀彦兄さんが見せてくれた、赤い表紙の手帳がどこかにあるはずだ……）

自分の知らない志津絵の真の姿が、あの手帳の中にあるのではないかと思うと、どうしても見つけたくなった。

――そのうち、書きもの机の抽斗に、額に入れられた一枚の写真を発見した。

志津絵が、亡くなった夫らしい男性と写っている。そしてもう一人、若い女性も肩を並べていた。長い髪の、はにかんだような笑顔がなんともチャーミングな娘だ。年齢は志津絵よりずっと若い。

「これ、誰だい？」

亜紀彦はなんとなく気になって、こっそりエリカに見せてみた。

「わあ、懐かしい……。これ、どこで見つけたの？」

エリカは目を輝かした。

「お母さんの部屋だよ」

「このひとは、死んだパパの妹さん。早苗《さなえ》さんっていったわ」

「へえ、きれいな人だね」

「その人、パパの会社でパパの秘書をしてたみたい。この写真は会社のパパの机の上に立ててあった写真じゃないかしら」

エリカの声が沈んだ。

「実は早苗ねえさんも死んだの。私が小学校に入った年に。由紀彦兄さんと同じ、自殺だったんだって……」

「えっ。どうして？」

「ママもパパも教えてくれなかったわ」

その頃、エリカの父親が経営していた会社は火の車だったらしい。早苗が死んで間もなく倒産し、父親は酒びたりになって病死する。志津絵とエリカの不幸な生活が始まる。

（人間の運命なんて分からない……）

継母と、彼女の亡夫、彼の妹が穏やかな笑顔をたたえて写っている写真をこっそり元に戻しながら、亜紀彦は思った。撮影したのは七、八年前のことだろう。今、一人は自殺し、も

う一人は失意のうちに病で亡くなった。残された志津絵だけが、一見幸福そうに見えるのだが、

（だけど、お母さんははたして幸福なのか……？）

志津絵が一人でいるとき、放心したように遠くを眺める目になる。その時の憂いに満ちたような表情に、亜紀彦はハッと胸をつかれることがある。

（お母さんは、人には言えない秘密を抱いて生きているのでは……）

亜紀彦の探索は続けられた。

そして、あの赤い表紙の手帳をとうとう見つけてしまった。

それは、和服をしまった桐のタンスの奥に、防虫剤の袋に入れられてあった。たまたま手にとってみたから分かったのだが、見ただけでは分からない。簡単に見つからないよう、考えて隠したのだ。

（やっぱり、お母さんが由紀彦兄さんの机からとり戻しておいたんだ……）

胸をドキドキさせながら開いてみた。七年ほど前から書き始めた一種の日記のようなものらしい。

（こいつは読めないや……）

一読して亜紀彦は失望した。

数字とローマ字がびっしり書きこまれているのだが、暗号か略号のようなものを使って書いてあるらしく、全然意味が分からない。たとえばこんな具合だ。

『12AUG／AM11。DET・OFF⇩REP・MR・Nの件。30￥GIV。PM2／H・HILにてMET↑MR・S・K。FUC1。SPK激し。50￥TAK』

(自分だけに分かる記号で書いたんだな……。だけど、由紀彦兄さんはこれを読んで「あの淫売女の正体が分かった」と言ったっけ。じゃ、由紀彦兄さんは読めたんだ……)

パラパラとめくってみる。一カ所だけページが折りかえしてあるところがあった。そこにはやや変色した新聞記事の切り抜きが貼ってあった。

(これは、三津田さんの死亡記事だ……)

父親の親友で、昨年急死した三津田圭の死を報じた記事である。新聞では死因は急性心不全と書いてあるが、慎之介は志津絵に「自殺だ」と言っていた。真相はまだ不明だ。

(どうして三津田さんの死んだときの記事なんか……?)

亜紀彦は不思議に思った。その記事の横には『REV、SUC！ NEXT……』とだけ書かれている。

一番新しい記載は、筆跡からして数日前に書かれたものらしい。

『15JUN／PM4 40、DET・REP⇩TEL・GET。S・KのNEWGAL、ADDと判明。HORN、FOUR・VALLEY。TOM、DETにSUC・REWJとして50￥GIV』

(うーん、なんのことだか……)

志津絵は、もし誰かにこの手帳を読まれても、何が書いてあるか分からないよう、自分だけに分かる暗号、符号で書いている。

(これがお母さんの秘密なんだ……)

亜紀彦の顔が曇った。

(由紀彦兄さんは、これを盗み出してから自殺した……)

亜紀彦が継母の身辺に関心を抱いているのに対し、エリカはエリカで、別のことに好奇心を燃やしていた。

離れである。

(中はどうなって、何をしているのだろう?)

好奇心の強いエリカは、いろいろ考えた末、なんとか中に入る方法を発見したのだ。

ある日、

「お兄さん、これ、なんだか分かる……?」

悪戯っぽく目を輝かせながら、一本の鍵を見せた。

「どこの鍵?」

「ふふ」

笑って、

「パパの離れ」

亜紀彦は仰天した。

「どうして、そんなもの手に入れたんだよ……」

「簡単よ」

この家の中で離れに入る鍵は、慎之介以外にもう一人が持っている。彼の信頼が厚い、松沼という家政婦だ。時々、中を清掃させるために、彼女にだけはスペアキーが渡されている。もちろん、他の誰かに使わせないように厳命してだが。

エリカは家政婦の行動を観察した。そして鍵を自分の買物用の財布にくりつけていることを発見したのだ。

「その財布はいつもキッチンの戸棚に入れてあるんだから、週末に松沼のおばさんが家に帰っている間、持ちだして合鍵を作っちゃった」

亜紀彦はエリカの好奇心と行動力に驚いた。

「で、入ってみたのか」

「まだ。亜紀彦兄さんと一緒に入ろうと思って……」

「おいおい。見つかったら、パパに半殺しにされちゃうよ」

「大丈夫。パパはずっと伊豆の別荘だし、こんどの日曜日はゴルフ大会とかでママもあっちに行って泊まるそうよ。この家は誰もいなくなるから……」

結局、義妹に誘われるまま、日曜日の夜、亜紀彦は離れのドアを開けた。

4

ギギーッ。

内側は革張りになった分厚いドアを開けると、慎之介が愛用している葉巻の匂いが閉めきった室内にこもっていた。

最近はほとんど帰ってこないので、使われない部屋の空気はどこか黴《かび》くさい。

「ふうん、こんなふうになっているのかぁ……」

初めて入るエリカは、新しい家に連れてこられた子犬のように、あちこち見て回る。

亜紀彦の知りたかったのは父親と継母の性生活だ。すぐに寝室に入ってみた。

天蓋つきの寝台が置かれた寝室には、彼の期待したものはなかった。

(なんだ、ふつうの部屋じゃないか……)

ベッドサイドの小机に、継母のところにあったのと同様なスパンキング・ポルノが数冊あったが、他には変わったものは置いていない。

(つまんないの……)

亜紀彦はがっかりした。エリカも、興味のあるものを見つけられないようだった。

「おかしいなあ」

亜紀彦はスプリングの効いたベッドにひっくり返ると、足元のほうの壁一面が大きな鏡になっているのに気づいた。ベッドにいる自分が映っている。

(待てよ……)

天井から床までの鏡だ。その一部分だけが手の脂で汚れている。それが気になった。

亜紀彦は鏡に近より、汚れた部分を押してみた。

ギッ。

鏡が回転した。

「わ、ドアになってる」

エリカが目をみはった。

「隠し扉だよ。中に階段がある」

「地下室ね。やっぱり秘密のお部屋があったんだ……」

エリカの目がキラキラ輝いた。

少年と少女は、おそるおそる階段を下りていった。真っ暗だったが壁を探るとスイッチが見つかった。明かりをつけると、わりとひろびろとした部屋だった。

「へえー」

「わあー」

二人の声が周囲の壁に反響した。壁はコンクリートがむき出しのままで、いかにも地下の牢獄めいた造りになっている。床は板張りだ。

家具は三つだけだ。

奥の壁ぎわに、病院で使っているようなベッド。マットレスはむきだしだ。その横に、背もたれの高い木製の頑丈な椅子。

そして、何と呼んでいいのか分からない、奇妙な形の家具が部屋の中央に置かれている。だが、西洋のスパンキング雑誌の写真で、二人ともそれが何のためのものか、即座に分かった。

「これ、お尻を叩くためのものよ……」

エリカが言った。その声は顫えを帯びている。

断面が三角形の太い材木の両端に、逆V字に脚をつけた、日本で言えば刑罰用の木馬によく似たものだ。

三角形の横木は長さが二メートルに少したりないぐらい。鋭角の背には厚いビニールレザーが貼ってある。横木の中央と、ふんばった形の脚材の下の方に、革のバンドが金具で取りつけてある。どうやら特別注文で作らせたものらしい。この上に人間をうつ伏せにして縛りつけると、お尻を突き出した形に固定されてしまうのだ。

壁を眺めると、さまざまな形の鞭が鉤《かぎ》からぶら下がっている。乗馬用の鞭、野獣を調教するような一本鞭、房鞭、パドルと呼ばれるスパンキング用のヘラ……。

壁にとりつけられた棚には、さまざまな器具の類が置かれていた。金属製や革製の手錠、足枷《かせ》、首輪。男根を象《かたど》ったグロテスクな張り形やバイブレーター。ガラス製の浣腸器。二人には分からないピカピカ光る金属製の医療器具のようなもの……。

天井には鉄パイプの梁《はり》が何本も渡され、鎖やロープが垂れ下がっている。

部屋の隅には、ここで行なわれるすべてのことを記録するためのビデオカメラが三脚の上に据えつけられていた。

「…………」

陰惨な雰囲気に圧倒され、亜紀彦とエリカは顔を見合わせた。

二人の父親は、たんなるスパンキング・マニアではない。こうなると「狂」だ。彼は自分の情婦や妻を責めるために、特別な地下牢を作ったのだ。たぶん悦子も、この部屋で慎之介の欲望の生贄《いけにえ》となって、悲鳴と涙と愛液を絞られたに違いない。

慎之介は、この地下牢を作るのが目的で離れを増築したのではないだろうか。

「ここにも扉がある……」

エリカが部屋の角に鉄の扉を見つけた。

ノブを回すと錆《さ》びついた蝶番《ちょうつがい》が軋んでいやな音がした。その向こうは真っ暗な通路だ。

「どこに通じてるのかしら……？」

エリカがこわごわと暗闇をのぞく。

「母屋の下をくぐり抜けているみたいだな。そうすると……」

どうやら半地下式のガレージに通じているようだ。

（そういえば、あのガレージの奥にも鉄の扉があったな。ふだんはいろんなものがその前に積み重ねられてるけど……）

では、この地下室には、もう一つ出入り口があったのだ。ガレージからなら、人目につかずこっそり出入りできる。

（いったい、誰が出入りしたのだろう……？　秘密の客かな……）

扉を閉めてから、亜紀彦はビデオカメラに歩みよった。

「ふうん、わりと新しい型だぜ」

こういう機械には目がない少年は、装置を触って調べてみた。

「あれ、テープが入ってら。撮影したままほったらかしになっているんだ……」

「ほんと？　見たいわ」

「でも……」

この地下室で最近撮影されたものなら、映っているのは自分たちの母親に違いない。亜紀彦はためらったが、

「よし。上の部屋にビデオ・デッキがあるから、それで見よう」

二人は地下牢を出た。鏡のドアを閉めるとエリカはホッとしたように深呼吸した。

「こわかったわ……。まるで本当の牢獄みたい」

ビデオ・デッキに、カメラから取りだしたテープをセットし、再生してみる。やがて画面に映像が映し出された。

（やっぱり……）

二人は息を呑んだ。地下室の中央に佇《たたず》む志津絵の姿が映しだされた。

美しく淑やかな人妻である年増美女は、黒いラメの入った、体の線がくっきりと出るセクシィなデザインのドレスを纏っていた。

カメラを向いてゆっくりとドレスを脱ぎ、黒い下着姿になる。

「……！」

ポルノ雑誌に登場する女たちのような、娼婦的な黒いブラジャー、パンティ、ガーターベルトにストッキングという姿だ。おまけに黒エナメルのハイヒール。

亜紀彦が夢にまで見た、継母の蠱惑的なスタイルが、彼の血を熱くたぎらせた。

画面に慎之介が登場した。赤いビキニブリーフをはいて、顔には革のマスクをかぶっている。下着は、昂った男根の輪郭を浮き彫りにしている。

「……………」

息をつめて見守る亜紀彦とエリカ。ソファに並んで座っている二人は、いつの間にかぴったり寄りそい、互いの手は相手の股間をまさぐっている。

慎之介は、豊満な肉体を黒いナイロンの下着に包んだ女を、木馬の上にうつ伏せにした。両手、両足が木馬の脚に固定される。ウェストをくびるように太いベルトがかけられる。受刑者である志津絵は、尻を後方へ突きだすあられもない姿勢を強制されて、もう抵抗できない。

斜め後方から受刑台を狙っているカメラは黒いナイロンにぴっちりと包みこまれた、女のエロティシズムを湛えた豊満な臀部にピントが合わせられている。

慎之介が、いきなりパンティをひき毟《むし》った。まるで薄い紙のように裂けた布きれを丸めて妻の口に押しこみ、梱包用の粘着テープを貼りつけてしまう。

「む、くく……」

発声を禁じられた志津絵。白い蠟のような頬にさっと血の色が浮かび、濡れたようにきらめく瞳には、はや悦虐の色が濃い。

「いやだ……」

エリカが口に手をあてて小さな悲鳴をあげた。輝くばかりの双丘を区切る深い谷間の底に、白い糸が垂れていた。

「ママ、生理なのよ……」

タンパックスを膣に挿入している年増美女は、観念したように身じろぎ一つしない。

残酷なスパンキングの儀式を、カメラは撮影し続ける。

最初は素手で、次に房鞭が、最後は調教用の一本鞭が用いられた。

志津絵のプリプリ張り切った臀肉に、残忍な蛇のように鞭が何度も襲いかかり、柔肌を切り裂いた。真っ赤に染まった肌の上に、無残なみみず腫れが縦横に走る。

三角の横木に固縛された女体が、苦悶し、反りかえる。猿ぐつわから洩れ出る悲鳴は、堪え難い苦痛を訴えた。

「ひどい……」

亜紀彦にもエリカにも、それはエロティックな性愛の儀式とは見えなかった。残酷な刑罰以外のなにものでもないように思えた。それなのに、木馬に押しあてられる股間からはねっとりした液体が溢れ、ビニールレザーを濡らす。

（あんなに鞭打たれて、お母さんはそれでも昂奮している……）

亜紀彦は信じられない思いで、顫えわななく女体を見つめていた。

やがて、愛液ではない大量の液が放出されて木馬の脚を濡らした。床に水溜まりができるほどだ。

「おしっこを洩らしたのね」

エリカが囁く。彼女の手は義兄の下着の下に伸びて、カウパー腺液でぬるぬるとぬめる充血した亀頭をくるみ愛撫している。

亜紀彦の一方の手は義妹のブラジャーを押しあげ、ふっくらした碗型の乳房をあらわにして揉みしだいている。ツンと突きだした乳首をつまんだりする。もう一方の手はパンティの下で花びらを弄び、敏感な肉核を包皮の上から揉みこむようにして愛撫している。彼女のパンティも失禁したように濡れている。

画面に映る慎之介が、鞭を投げすてた。木馬にくくりつけた女体の顔のほうに立つ。粘着テープを毟りとり、唾液をいっぱい吸ったパンティの残骸を吐き出させると、ブリーフをひき下げた。

バネ仕掛けのように勢いよく、あの凶悪な武器——銛のような男根が飛びだした。黒い血管を浮き彫りにした巨大な肉茎が根元まで志津絵の口に押しこまれた。苦悶の表情で、喉まで貫く器官を受けとめ、必死に口舌奉仕する年増美女。

亜紀彦は、その時点では、父親は継母の口中に噴きあげて終わりにするのだと思っていた。彼女は生理期間で、膣にはタンパックスが挿入されている。女体を秘唇で楽しむわけにはいかない。

だが、慎之介は妻の口から巨根を引き抜いた。棚から小さな壜を取りあげ、妻のむきだしの臀部に身を屈める。

「あ」

　エリカが驚いた声をあげた。

　ワセリンのような乳液状のものがセピア色した菊状の襞に塗りこめられたのだ。

「う、あ……」

　指がズブリと菊芯に突きたてられた。二本の指が内側まで乳液を塗布し、粘膜を掻き回される志津絵が喘いだ。

「ひどい……、お尻の穴を……」

　エリカが目をまるくして見ている。彼女は肛門が性愛器官になることをまだ知らない。

「よし」

　指を引き抜いた慎之介が、カメラと豊臀の間に立ちはだかった。

「うぬ」

　父親の裸の尻に力が入り、ぐっと押しつける動き。

「あ、ああっ。う、むー……！」

　志津絵が苦悶しつつ哀切な呻きを洩らす。

「ママ、かわいそう……」

　直接、巨根がアヌスを侵略する映像ではないが、何が行なわれているか説明するまでもなくエリカには理解できる。

ギシギシと木馬の脚が軋み、縛りつけられた女体がじっとり脂汗を肌に浮かせ、ときどき反りかえる。

「お、おおお」

数分抽送した後、慎之介はしたたかに腸奥に噴きあげ、獣じみた快楽の叫びをあげた。彼が妻の背後から離れると、めくれかえったような粘膜の奥から、ドロリとした白濁液が溢れ落ちた——。

映像が切れた。

「うわー……」

エリカは叫び、義兄にしがみついてきた。

「信じられなーい。お尻に入れるなんて」

「アナル・セックスっていうんだよ」

「亜紀彦兄さん、したことあるの？」

「うん」

「悦子ねえさんという人と？」

エリカには、自分の性愛教師となってくれた従姉のことをだいたい話してある。

「そう。一番最後に一度だけ、させてくれたんだ」

いま考えてみれば、悦子は父親から肛門性愛を教えられたにちがいない。

エリカの目がキラリと輝いた。競争心が強い少女は、悦子が亜紀彦に与えたのと同じ快楽を味わわせたいと願っている。亜紀彦にはその心理が読めた。

「エリカ……」

「お兄さん、エリカもお尻で愛して……」

「ばか、痛いんだぞ」

かつて実の兄である由紀彦に襲われ、肛門を貫かれたときの、身を裂くような苦痛が思いだされた。

「大丈夫よ、エリカ、我慢できる」

肛門と直腸に亜紀彦を受けいれることで、どんな感覚が味わえるか、それを体験したがっている。

「よし……」

継母が肛門を凌辱《りようじよく》されるビデオを見て、亜紀彦も昂るだけ昂っていた。

「エリカ、裸になれ」

かすれた声で命じ、地下牢に下りてゆき、棚から乳液の壜をとりあげた。

とっていた。

居間に戻ると、美少女は素っ裸になって絨毯に膝をつき、上体をソファにあずける姿勢を
「…………」

亜紀彦も全裸になると、義妹の背後に跪いた。乳液状のワセリンを可憐な菊状の襞に塗りつけると、ふだんは触られたことのない部分に刺激を受けた少女は、

「ひっ」

クリッとまるい尻朶全体に鳥肌をたてるようにして裸身を顫わせた。

「いいか、息を吐いて受けいれるんだぞ。そうすると力が抜けて入りやすいんだ」

「はーい」

「いくぞ」

鉄のように硬く、熱く焼けてズキズキ脈打つ分身に指を添えて狙いをさだめ、ひくひく息づいているようなエリカの肛門に亀頭をあてがう。グイと力をこめる。

「あっ」

「息を吐いて」

「はあっ」

「そうだ……」

めりこんでゆく亀頭。

「う、うあ」

括約筋をこじ開けられる苦痛に美貌をゆがめるエリカ。

「もっと力を抜いて」

「はあっ」

「よし」

さらに力をこめると、ふいに抵抗が失せた。悦子の時と同じ、ぬめり滑るような粘膜が締めつけてくる。

「ああ……」

快美の呻きを洩らしつつ、ズッポリと肉茎の根元まで突きたてた。

「お兄さん……。うれしい」

エリカが泣くような声をあげた。彼女は初めて自分の肉体の奥に義兄の男根を受けいれたのだ。

亜紀彦は彼女の粘膜を傷つけないように、ゆるやかに抽送した。しかし、甘美な感覚にしだいに我を忘れ、激しく腰を打ちつけるようなピストン運動に没入してゆく。

「おお、む……。ああ、アッ！」

深く抉られるたびに、愛らしい唇から切ない呻きが洩れる。

「おお、おおおお」

亜紀彦は短時間のうちに絶頂点に達した。ドクドクドクッと牡のねばっこいエキスをエリカの直腸に注ぎこんだ。二人の汗まみれの肉体が打ち重なったままひとしきり痙攣し続け、やがてぐったりと動かなくなった。

第四章　肉契の夜

1

また一年が過ぎた。

亜紀彦は高校に進んだ。やがて十四になるエリカは中等部二年生だ。

愛くるしい瞳が印象的な可憐な容貌、均整のとれたぴちぴちした肢体。セーラー服のよく似合う美少女は、道ですれちがう人は誰でも、振りかえらずにはいられないような魅力をそなえている。

「黒島慎之介の義理の娘はすごい美少女だ」という話は芸能関係者で知らぬ者はない。いろいろな形で芸能界にデビューさせたいという話が殺到している。

「まだ中学生ですので……」

母親の志津絵はそのたびにやんわりと断った。

「それなら、亜紀彦くんを……」

そう粘ってゆく者もいる。十六になる亜紀彦は涼やかな顔だちの美少年だ。しかも往年の剣豪スター、黒島慎之介の実子とあれば話題性もある。アイドルとして売り出せば、かなりの人気は得られるだろうという計算だ。

「とんでもない。あの子は芸能界に向いていません」

志津絵はキッパリと断る。その言葉は嘘ではない。エリカならともかく、亜紀彦は孤独を好み、空想癖のある少年だ。他者を押しのけて自分を主張しなければならない芸能界で生きてゆける性格ではない。

将来は、彼が熱中しているコンピュータ方面で才能を伸ばすのがいい——と志津絵は考えているようだ。

彼の関心がコンピュータ以外にも向けられていることを、美しい継母は知っていたのだろうか。

その一つは可憐な義妹。そしてもう一つは他ならぬ志津絵自身に——。

亜紀彦とエリカのひそやかな性愛遊戯は、さらにエスカレートした形で続いている。

エリカはまだ処女だが、彼女の柔肉は義兄の欲望器官を奥深いところまで受け入れているのだ。

彼に教えられた肛門性交を、エリカはいたく気にいってしまったからだ。

父親の聖域である離れを探索した夜、初めてアヌスを捧げたエリカは、苦痛と同時に甘美な快感を味わった。膣感覚に似た快美感を味わう機能が、直腸の奥にはそなわっているのだろうか。

「アナル・セックスって素敵……！」

病みつきになったエリカは、それからというもの、しきりに亜紀彦に肛門を犯してくれるようにせがむ。

「ダメだよ。そんなにやったら、肛門がゆるゆるになっちゃうぜ」

亜紀彦はそう脅かして、義妹が生理期間のときだけ、アヌスで繋がることに決めている。

それでも相互愛撫のときは、唇や舌で彼女の可憐なスミレ色のすぼまりを丁寧に愛撫してやると、美少女はあられもない悩乱の声をはりあげ、失神せんばかりによがり狂う。

「エリカはアヌスが敏感なんだ……」

亜紀彦はあらためて義妹の肉体に豊かな性感がそなわっていることに感嘆する。

エリカはあれから、二度と離れに行こうとしない。

「あの地下室、気味が悪いんだもの。近づきたくないわ……」

せっかく作った合鍵は、亜紀彦が保管している。

父親の慎之介はますます仕事から遠ざかった。最近はめったに家に帰らない。

どこかに愛人を作って、そこに入りびたりになっているという噂も聞こえてきた。亜紀彦は昔から自分のことには関心をもたれなかったので、どうということはないが、

（お母さんが辛《つら》いだろうな……）

そう同情はする。もっとも、父親が継母の尻を叩いたり抱いたりすることに、嫉妬めいた感情があったから、彼としては父親が家にいないことを歓迎する気持ちが強い。

慎之介が経営する事業のほとんどは、今や志津絵が切り回している。ブティックも若者向けの飲食店も順調に収益をあげている。株の投資でもかなりの利益をだした。

こういった状況の中で、亜紀彦は十六歳の夏を迎えた。

夏休みに入ると、新体操部に入っているエリカは、高等部との合同合宿が始まった。父親は帰ってこないから、継母と亜紀彦の二人だけという夜になる。

——そんなある夜のこと、亜紀彦にとって、思ってもみない出来ごとが起きた。

志津絵はいつになく早く帰宅した。

「今日は、早いんだね」

夕食の席で亜紀彦が言うと、

「エリカがずっといなくて、亜紀彦さんが寂しいんじゃないかと思って……」

「心配しなくてもいいのに。子供のころからひとりでいるのに慣れているもの……」

「本当のところ言うと、お母さん、亜紀彦さんと水入らずでお話ししたいのよ」

「へえ」

「今夜は何か予定がある？」

「ううん」

亜紀彦は首を振った。

「それじゃ、お母さん、これからシャワーを浴びるわ。あがったら呼ぶからお部屋に来てね」

「お母さんの部屋？」

亜紀彦はびっくりした。こっそり忍びこんだことは何回もあるが、継母の聖域に招《よ》ばれるのは初めてのことだ。

「ええ、そうよ。ゆっくりお話しできるでしょう？」

いったん自分の部屋に戻った亜紀彦は、志津絵が入浴する気配に耳をすませながら、考えこんだ。

（お母さんが自分の寝室にぼくを呼ぶなんて……。いったい何の用だろう……？）

不安と期待がない混ざった気持ちで待つうち、ようやく志津絵は浴室を出てゆき、しばらくして、

「亜紀彦さん……」

階下から呼ばれた。

「はい」

答えて下りてゆくと、継母は居間のサイドボードからブランデーの壜をとり出しているところだった。

彼女の姿を見て、亜紀彦は血が沸騰した。

継母はローズ・ピンクのネグリジェを纏っていた。ナイロン製の薄い寝衣は、風呂あがりの上気した肌をすっかり透かせている。豊かな乳房の頂点にある淡褐色の乳首も、ヒップを包むカメリア色のパンティもまる見えに近い。睡眠のためというより、性愛の戯れの前に纏う、官能を高めるための衣装なのだ。

「…………」

呆然として立ちすくんだ義理の息子を婉然《えんぜん》とした微笑で迎えた志津絵は、琥珀《こはく》色の液体をブランデーグラスに満たした。

「寝酒よ。最近はなかなか寝つかれなくて、お母さん、チビチビやるのが癖になっちゃった……」

ブランデーグラスを片手に、亜紀彦にウィンクしてみせる。

「さあ、亜紀彦さん。いらっしゃい……」

寝室に入ると、志津絵はしっかりとドアを閉めた。クーラーを効かせているから、窓はすべて閉ざされカーテンがひかれている。

「話って、なんですか……」

母親のベッドに腰をおろし、ドレッサーの前のスツールに腰かけた継母に、亜紀彦はおずおずと尋ねた。ひょっとしてエリカとのことが露顕して、詰問されるのではないかと恐れる気持ちがある。

「まあ、あらたまった顔をして……」

志津絵はプッと吹き出した。脚を組み替えるとネグリジェの裾が乱れて、とても四十になった女性のものとは思えないスラリと形よい脚線が太腿まで露わになる。亜紀彦は唾をゴクリと呑みこみ、あわてて視線をそらした。

「特にテーマはないけど、強《し》いていえばこれかな……」

妖艶な寝衣を纏った継母は、抽斗を開けて黒い布きれを取り出した。ひと目見て、亜紀彦は真っ赤になった。

「あ、それは……！」

昨夜、汚れものの籠から持ち出してオナニーに使った志津絵のパンティである。

「昼の間、松沼のおばさんに探してもらったのよ。そしたらあなたの部屋のベッドの中から出てきたって……」

黒いナイロン製で、伸縮製のある素材を使っている。亜紀彦は継母の分泌した匂いをたっぷり嗅いだ後、それを肌につけてオナニーをしたのだ。

「ずいぶん出したわね。十六歳って一番性欲が強い年ごろだっていうから、無理もないわ……」

含み笑って下着を裏がえしにしてみせる。義理の息子がしぶかせた牡の粘液は、乾いた糊のようにべっとり前の方をよごしている。

「……ごめんなさい」

すっかり打ちひしがれたようになって、美少年は蚊の鳴くような声で謝った。

「バカね、責めてるんじゃないのよ」

年増美女は優しい声で言う。また脚を組み替えた。ネグリジェの前はもっとはだけて、大理石のように艶やかな、むっちりした太腿の肌をさらけ出す。〝タブー〟の官能的な匂いが少年の鼻をくすぐり、理性を痺れさせる。

「亜紀彦さんが私の下着、ときどき悪戯しているのは知ってたわ。こっそりこのお部屋に忍びこんでいるのもね……」

そう言って、枕元の電話器を目で示した。

「知らなかった？　あの電話器、室内の物音を聞く盗聴機能がついているのよ。誰が入ってるのか確かめるために、時々、あれでこの部屋の様子を聞いていたの」

「あ」

そんな仕掛けがあるとは知らなかった。亜紀彦はまた打ちのめされた。

この部屋のベッドの上で、志津絵のことを思い浮かべながら激しく自慰に耽ったことも一度や二度ではない。「お母さん」と呻きながら熱い樹液を噴きあげた様子を聞かれたのかもしれない。恥ずかしさで目の前が暗くなるようだ。

「ごめんなさい。お母さんが好きだから下着も好きになって……。この部屋にいると、お母さんの匂いに包まれるみたいで……」

「分かってるわ。本当のお母さんが早くに亡くなったから、母性愛に飢えているのね。でも、私って亜紀彦さんが憧れるに値する女じゃないのよ……」

琥珀色の、芳香を放つ液体を啜りながら、妖艶な雰囲気で少年を酔わせている継母は、囁くような声で言う。

「夜になったら、亜紀彦さんと同じように、セックスのことで頭がいっぱいになって、仕方がないからオナニーに耽ってしまう、どうしようもない女なの。分かる……？」

亜紀彦はハッとした。継母が立ちあがり、ネグリジェの前をはだけたからだ。

「あ……」

たっぷり脂肪をのせて輝くような白い餅肌が少年の前にさらけ出された。豊潤な乳房とヒップだが、腹部はひらたく、娘のようにひきしまっている。定期的に通っているエアロビクス教室の成果だろうか。

「どう、お母さんもまだまだ捨てたものじゃないでしょう……？」

ふわりとネグリジェが絨毯の上に落ちた。透明に近いナイロン素材で作られた赤いスキャンティ一枚だ。ぴっちり肌に食い込み、はりついた布の下で濃密な恥叢がおしつぶされている。まるで黒い炎のようだ。

「……きれいだ」

かすれた声で亜紀彦も答える。

志津絵はゆっくりと毛布をめくり、まっ白なシーツの上に身を横たえた。

「きて、亜紀彦さん。ひとりでオナニーに耽っているあなたを慰めてあげたいの。だから、亜紀彦さんもお母さんを慰めて……」

亜紀彦は立ちあがり、顫える手で服を脱ぎ、全裸になった。ブリーフを脱ぎおろすと若い欲望器官は下腹にくっつくばかりの勢いで怒張している。

「まあ、元気ね。やっぱり若いわ」

志津絵が感嘆の声をあげる。その声に美少年は励まされた。

「お母さん……」

ベッドに近づくと下から迎えるように腕が伸び、彼の首を抱くようにして引き寄せた。

「キスして」

亜紀彦は母親の魅惑的な体臭に包まれながら、ブランデーの混じった甘い唾液を呑んだ。

「ね、おっぱい吸わせて……」

やがて甘える声でねだる亜紀彦に、

「いいわ、お母さんのおっぱい、思う存分吸って……」

従姉の悦子よりさらに豊満で、とろけるように柔らかく、それでいて奥に張りつめた弾力を秘めた白い半球に亜紀彦は顔を埋めた。アカネ色に充血した乳首は彼の唇に吸われ、さらにぼってりと膨張する。

「あ、あー……ン。もっと吸って……」

十六歳の少年に乳房を揉まれ乳首を痛いほどに吸われる四十歳のおんなは、喘ぐように言いつつ手を少年の股間にのばす。亜紀彦の怒張しきっている肉茎はしなやかな指によって揉みしだかれた。先端からはもうトロトロと透明な涎が溢れている。

「ああ、こんなに逞しい……。素敵だわ、亜紀彦さん……。ね、ちょうだい……」

「うん」

亜紀彦は継母の燃えるように熱い肌から、赤いナイロンの布片をひきむしるようにして脱がせた。濃い恥毛の底から、高価な香水とミックスした理性を痺れさせるような雌花の匂いがむうっと立ちのぼる。

「お母さん……」

下肢を割って腰を入れようとすると、

「待って……」

ふいに継母が制した。ベッドサイドの小机からコンドームの袋をとりあげる。

「ごめんなさい。いま、安全じゃないの。これ使って……」

亜紀彦の怒張しきった器官は薄いゴムで覆われた。

「いいわ。さあ、来て……」

亜紀彦は年上の女の手に導かれ、蜜を溢れさせるおんなの花を貫いた。

「あ、あっ……！　亜紀彦さん……。あー」

あられもない悩乱の声を張りあげ、志津絵は年下の少年にしがみついてきた。

「お母さん……、すごい……」

複雑にして精妙な肉襞がからみついてくる。締めつけるかと思えばやわらぎ、また食いついてくる独立した生きもののような性愛器官。亜紀彦はたちまち快美感覚の嵐の中で翻弄された――。

「奥さま、奥さま……！」

家政婦が怒鳴りながら激しくドアをノックしている。

その音で亜紀彦は目を覚ました。ぼうっとした頭で、ここはどこだろうかと考えた。

自分のかたわらに横たわっていた熱く湿り気を帯びた生きものが身じろぎした。

「う、うーん……。なあに、松沼さん……？」

志津絵だった。真っ裸だ。その時になって自分の朝だちしているペニスが継母の手に握られているのに気づいた。

（ここは、お母さんの寝室だ……！）

そう気がついたとき、すべてのことが思い出された。

（ぼくは、お母さんとセックスしたんだ。それも二回も……！）

ノックの音と叫び声はやまない。

「奥さま、旦那さまが大変です！　奥さま、起きて下さい！」

「え!?」

びっくりして志津絵がはね起きた。真っ裸の上からガウンを羽織り、ドアのところに走ってゆき、サッと開ける。

「どうしたの、あの人が何か……？」

ドアのところからはベッドが丸見えだ。中年の家政婦は、全裸で継母のベッドに寝ている亜紀彦を見た。呆気にとられて、顎がガクンと外れたようになる。

「何が起きたの？」

志津絵がせきこんで訊く。我に返った家政婦が告げた。

「旦那さまが殺されたと、いま警察の人が来て……」

「殺された⁉　あの人が⁉」

貞淑だったはずの継母が両手を口にあてた。ガウンの前がはだけ、何もつけていない下腹がむきだしになり、黒々とした秘叢が家政婦の目にさらされた――。


――黒島慎之介が何者かに殺害されたのは、志津絵と亜紀彦が同衾《どうきん》した夜が、やがて明けようとする時刻だった。

現場は四谷のP――マンション十階。角奈緒子《すみなおこ》という二十七歳の女性の部屋だ。

赤坂のクラブホステスである奈緒子は、この一年ほど、慎之介の愛人だった。

最近は自宅に帰らず彼女の部屋にいりびたりだった慎之介は、前日から泊まりこんでいた。

この夜は、勤めを終えて帰宅した奈緒子と二時頃から激しく性行為を行なったという。奈緒子によれば、異変が起きたのは明け方の闇がひときわ濃い時刻、三時半ぐらいのことではなかったか——という。

奈緒子の中に放出した後、しばらくぐったりしていた慎之介は、やがてベッドから抜け出て寝室を出た。トイレに行くつもりだったらしい。奈緒子は情交の疲れが出て、半分眠った状態だった。

「ちえっ。ここも明かりがつかない」

居間のスイッチをカチャカチャいわせる音がした。

枕元の電気も消えて周囲は真っ暗闇だ。

(停電かしら……?)

奈緒子が夢うつつにそんなことを考えたとき、ふいに物音が聞こえた。

ドスッ。

「げっ!」

慎之介の悲鳴が聞こえ、

ドシン。

ものの倒れる音がした。

「ど、どうしたの……?」

寝ぼけ眼《まなこ》で起き上がろうとすると、疾風のように黒い影が飛びこんできた。

「な、なによっ……、あッ」

奈緒子の首に縄のようなものが巻きつけられた。強い力で絞めあげられる。

「ぐ、ぐげ……」

気が遠くなった。

彼女が意識を回復した時は病院のベッドに寝かされていた。

喉頸《のどくび》が潰れたのかしわがれた声しか出ない。膣がひどく痛んだ。

「首をしめられ、意識を失なっているうちに乱暴されたのですよ。裂傷があったので縫合しました。ええ大丈夫です。ちゃんと洗浄もしておきましたから……」

看護師はそう告げた。しかし、ベッドを共にしていた慎之介のことについては口を閉ざした。彼女としては、患者である奈緒子に、彼女の愛人が腹部を刺されて出血多量で死んだ――と告げることはできなかった。

慎之介の体から溢れ出た大量の血は、居間の床をつたって下の階の部屋に滴り落ち、驚いた住人によって警察に通報がいったのだ。警察が現場を調べ、おおむね次のようなことが起こったと推測した。

おそらく戸締まりを忘れた奈緒子の部屋のドアから、強盗が侵入したのだろう。奈緒子も慎之介も性交に夢中になっていて気がつかなかったようだ。

二人が眠ったと思い、賊は入り口の近くにある電気のブレーカーを切った。そのために、寝室から出てきた慎之介は、暗闇の中で金品を物色していた賊と衝突し、鋭利な刃物で腹を突き抉られたのだ。

殺害が最初から意図したものか、それとも成り行きでそうなったのか明らかではないが、慎之介を刺したことで賊は我を忘れたらしい。

賊は寝室に入りこみ、異変に気づいた奈緒子の首にパンティストッキングを巻きつけて意識を失なわせた。それからぐったりした彼女の体にのしかかって裂傷を負うほど激しく強姦した――。

奈緒子の首を絞めたのが伸縮性のあるパンストだったため、賊は完全に奈緒子を絶息させることができなかったらしい。彼女は九死に一生を得たのだったが、すべて真っ暗闇の中の出来ごとだったので、賊の人相風体も何も見ていない。

犯人が残したのは、血まみれのスニーカーの足跡と、奈緒子の膣内に残したB型の精液だけである。慎之介の血液型はA型だった。靴のサイズからして、わりと小柄な男らしい。

かつての剣豪スター、渋い中年男を演じて茶の間にも人気のあった黒島慎之介が、愛人宅で非業の死を遂げた事件は、おおいに世間を騒がせた。

2

事件から三日後、世田谷にある黒島家の菩提寺、Y――寺で慎之介の葬儀が行なわれた。死にざまが死にざまだっただけに、盛大とはいえない葬儀だったが、マスコミの取材陣が寺を取り巻いた。

由紀彦の悲劇的な自殺から二年もたたないうちに、今度は父親の非業の死である。「呪われた黒島家の悲劇」などと言う言葉がテレビ・レポーターの口をついて出た。

葬儀の間中、詰襟の制服を着た亜紀彦は、やはりセーラー服を着たエリカと共に、喪主である志津絵の背後に座っていた。

（パパが死んだと言われても、なんだかピンとこないな……）

最後までうとまれて、親しく口をきいてもらったことなど一度もない亜紀彦にとって、それが偽らざる気持ちだ。視線はつい、目の前に正座している志津絵のヒップにいってしまう。暑い季節なので絽《ろ》の喪服だったが、ドレスの時より豊満な腰の線が強調されるようだった。

（お母さんは、喪服の下にパンティをはいているのかな……）

そんな想像までしてしまう。

志津絵の青ざめた顔は能面のように表情がないが、亜紀彦はつい三日前の夜、憧れていた年上の美女が自分の体の下で、あられもないよがり声をはりあげる痴態を見ている。

(その夜にパパが殺されるなんて、なんという偶然だろう……)

慎之介が愛人を抱いていたとき、その息子は父親の妻とベッドを共にしていたわけだ。運命の悪戯というほかはない。

いちように居心地の悪そうな様子をしている参列者の間からは、ひそひそと囁きかわす声。

「いやあ、こういう時の正夫人というのは、まったく気の毒だなあ。亭主が愛人の家で死んだというのさえ体裁が悪いのに、あんな死に方をしたらねぇ……」

「なんでも、出血多量で死にかけているホトケの前で、犯人はその愛人とやらを強姦したというではないですか。彼がまだ意識があったとしたら、それを見ていたわけでしょう。ひどい話ですな……」

「おたがい気をつけましょうや。人生一寸先は闇。何があるか分かりませんぞ」

「あいつの親友の三津田圭も、先年、自殺しているからなあ」

「黒島慎之介を殺した犯人の目ぼしはついているのですか」

「警察は流しの強盗の仕業《しわざ》とにらんでるようです」

「痴情とか怨恨の線もあるでしょう。言っちゃナンだが、慎之介は色の道じゃ、いろいろ問題のある人だったから」

「副業の方でもクリーンとはいえなかったな。今はやっていないが、一時は高利貸しみたいなことまで手をだし、そうとう阿漕《あこぎ》なことをやったらしい」

「それにしても、彼の財産はすごいでしょう」

「うん。四年前に再婚したあの奥さんがやり手だったから、また増えたというな。遺産は三十億円という話も聞いたよ」

「半分は後妻に権利がある。一介のクラブホステスが、四年後に億万長者というわけだ。この席で少々居心地の悪い思いをしても充分報われるな、それじゃ……」

厳粛な葬儀の場にはふさわしくない不謹慎な言葉があちこちで囁きかわされているうちに葬儀と告別式が終わり、慎之介の遺体は火葬場に運ばれ、骨になった。


その夜――。

忌中の札がかかった黒島邸はシンと静まりかえっていた。もう弔問に訪れる客もない。

深夜、未亡人となった志津絵は、湯をあびた。肌にしみついた線香の香りと共に、死者の汚れを洗い流そうとでもするように念入りに肌をこすった。

湯あがりの肌にバスローブを纏い、寝室に帰った未亡人は、亜紀彦が自分のベッドに横たわっているのを見て、ハッと立ちすくんだ。少年は裸だ。

「亜紀彦さん……」

美しい継母を眺める美少年は思いつめたような、憂わし気な表情を浮かべている。

志津絵は婀娜《あだ》っぽい笑顔になった。

「亜紀彦さん、したいの……？」

「うん」

「いいわ、待って……」

手早く寝化粧をし、肌に〝タブー〟をふりかけた。官能的な香りがたちこめる。

「お母さん、黒い下着を着けてくれない……？」

義理の息子が声をかけた。

「黒い下着？」

「うん。黒いパンティとガーターベルト。黒いストッキング」

「まあ……」

年増美女は婉然と微笑んだ。

「そういうスタイルが好きなの？」

「うん」

「分かったわ。着てあげる」

志津絵は下着のつまった抽斗から、エロティックなランジェリーをとりだして身に着けた。ほどなく、少年の希望した姿になってベッドの傍に立つ。

「どう。これでいい？」

亜紀彦は、妖艶な美女の下着姿に圧倒された。

「すごい……」

Cカップのブラジャーはいかにも年増女の爛熟さを象徴する豊かな乳房を包みこみ、黒いレースの網目から京紅のような乳首を透かせている。

四十の女とは思えない、ほどよくくびれた腰に、黒い繻子《しゅす》のガーターベルトが緊《きつ》く食いこみ、輝く裸身をその部分で二分している。ピインと伸びた四本の吊り紐は、極めて薄い、ナイロンの黒靴下を吊りあげている。シームが形よい脚線をさらに誇張し、黒いナイロンがむちむちした太腿の白さを強調する。そして、サイドをリボンで結ぶ形のスキャンティは、ブラとペアの総レース製だ。わざと股布は着けていないから、縮れの強い恥毛が繁茂したさまも、秘裂がほころびて毒っぽい花を開花させているありさままで透けて見える。視姦するものを昂らせるためにだけ作られたセクシィな黒い下着。

全身から熟れきった年増女のエロティシズムを匂いたたせた未亡人は、義理の息子を覆っ

ているベッドの毛布を剝いで、

「ふふ。こんなにビンビンになって……」

凄艶な頬に淫靡な笑みを浮かべた。亜紀彦は全裸で、彼の男根は継母のエロティックな姿態に刺激されて昂り、亀頭を赤紫色に充血させている。浮き彫りの血管はズキンズキンと脈動して、まるで独立した生き物のように股間に屹立している。

「ああ、勇ましいわ……」

うっとりした目で逞しい器官を眺める。

「お母さん。後ろを向いてくれない？」

「お尻を眺めたいの？　どうぞ……」

プロのストリッパーのように、男たちの血を沸騰させずにはおかない猥褻さでぷりぷりと腰をうねりくねらせ、視姦する若者に自分のヒップを向ける志津絵だ。

脂のしたたるような豊艶な臀部は、網目のスキャンティが臀裂に緊く食い込み、はみだした肉球の部分が強調されて最高にエロティックな眺めを呈している。

亜紀彦はその尻を思うさま叩きのめしたい欲望を抑えつけながら、ベッドから下り立った。

「お母さん……、両手を後ろに回してみてくれる？」

「こう？」

何の疑問も持たずに義理の息子の要請に応えた未亡人の手首に、カチャリ。

冷たい金属が食いこんだ。

「あっ、何を……」

ふりかえった志津絵は、亜紀彦が薄い笑いを浮かべているのを見た。

「手錠だよ、お母さん。こういうの、好きでしょう」

「だけど、どうして……？」

「これから拷問するからさ」

「ご、拷問……？」

「そう。殺人犯は逮捕されたんだよ。たった今……」

さあっと未亡人の顔から血の気がひいた。

「何のこと、いったい。亜紀彦さん、悪戯はやめて……」

「悪戯じゃない。かなり本気なんだ」

スキャンティが食い込んだ臀部をビシッと力まかせに打ち叩く。

「あっ、痛いっ！」

「歩け、志津絵！　離れに行くんだ。拷問の部屋に……」

亜紀彦の声は別人のように冷やかで威圧感があった。爛熟の未亡人は義理の息子に追いたてられるようにして、あられもない下着姿のまま廊下を歩き、今は亡き夫が聖域としていた離れへ連れこまれた。

合鍵でドアを開け、寝室の壁に取りつけられた鏡の隠し扉を開ける亜紀彦を見て、志津絵は信じられないという表情をした。

「亜紀彦さん、あなた、ここに来るのは初めてじゃないのね……」

また尻を叩いて、ためらう継母を階段の下へと追いやる。

「ようこそ、お母さん。この地下牢に。拷問するにはここが一番ふさわしい」

コンクリートの壁がむきだしになった、陰惨な地下室に連れこまれた年増美女は、抵抗する間もなく、中央に置かれた木馬にうつ伏せにされ、手と足と胴を革のベルトで固定されてしまった。

いつかビデオカメラに記録されたのと同じ、ヒップを突き出す淫猥きわまりない強制された姿勢だ。

「ああ、亜紀彦さん、何をしようというの……？」

哀願するような声は顫えを帯びている。

「白状させるためさ」

「何を？」

「そうだな。まず、どうしてパパを殺したのか。次に、どうして由紀彦兄さんを殺したのか」

「……！」

見えない鞭で打ち叩かれたように、ビクッと裸身が顫える。

亜紀彦は壁にぶら下がっている拷問道具の中から、乗馬用の細鞭を取りあげた。ぐいと手をのばして網レースのスキャンティを引きちぎり、ヒップをむきだしにしてしまう。

「きゃっ！」

「言え！」

今度は本物の鞭が柔肌を襲った。

ビシッ！

「ひいっ！」

素手とは比べものにならない、皮膚と肉を切り裂くような苦痛が美貌を歪め、目から涙を、口から悲鳴を溢れさせる。がくがくとうちわななく裸身。亜紀彦の男根はさらに昂り、透明な液をしたたらせる。

「さあ、『パパを殺したのは私だ』と自白するんだ！」

その態度はふだんの大人しい亜紀彦とは別人のようだ。

「だって……、私がパパを殺せるはずがないのは、亜紀彦さんが一番よく知ってるじゃないの。あの晩、お母さんはあなたと一緒にベッドで抱きあっていたのよ。あなたに二回も貫かれたのよ」

「確かにそうだよ。だからって、パパを殺せなかったわけじゃない」

平然と言ってのける亜紀彦だ。

「いいかい、警察は、パパが四谷で殺されたのは明け方の三時半だと言っている。現場の様子から犯人が侵入したのは三時ごろだ。一方、お母さんがぼくを寝室に呼びつけたのは十時すぎ。それから二回もイカされて、口うつしでブランデーを呑まされて、疲れきって眠ってしまった。時計は見ていないけど、真夜中ごろだったことは確かだよ。ぼくは朝までほとんど意識不明みたいに眠ってしまった。ブランデーの中に眠り薬でもいれてたんじゃないの？自分では呑んだふりをして、実はほとんど呑んでいなかったんだよ」

「…………」

「そうすると、真夜中から三時まで、ほとんど三時間ちかく時間がある。ここから四谷の犯行現場まで、車で首都高速を使えば二十分たらずで行けるよ。深夜だから渋滞もないしね……。ぼくがグッスリ眠っている間に、あの角奈緒子という女のマンションまで行って帰ってくる時間は充分あったんだ。しかも、お母さんは朝、松沼のおばさんが知らせにきたとき、わざとしどけない恰好をして、ドアを大きく開けて、ぼくがベッドにいるところを見せた。あとで刑事がぼくに『あの夜は、お母さんと一緒に寝ていたの』と質問したから、ぼくは『そうです』と答えたよ。刑事は松沼のおばさんから聞いたことを確認したんだろうね。呆れた顔をしてたけど、それでぼくのアリバイもお母さんのアリバイも、どっちも証明された錯覚にとらわれたんだ」

「でも、警察は血液型がB型の、小柄な男性の犯行だと言ってるわ。あの奈緒子という女は、ちゃんと強姦されているのよ。女の私がどうして強姦できるの？」

志津絵が反論する。

「なんてことないさ。お母さんは男の服装をして、ぼくのスニーカーを履いてでかけたんだ。あの足跡はぼくのスニーカーのだから、体格はぼく並みということになる。それに、女だって女を強姦できるんだよ……」

亜紀彦は壁ぎわの棚に行き、巨大なペニスを象った張り形を手にした。それは革紐がついていて、腰にくくりつけるようになっている。

「こういうものがあれば、膣を裂くぐらいのことは出来るんじゃない。それに、精液だってこいつを使えば……」

ガラス製の浣腸器を示した。注射器型のそれは、腸の奥に浣腸液を注入するためのものだ。当然、膣奥に精液を注ぐこともできる。志津絵の顔から血の気が失せている。

「お母さんはたびたびこの部屋に来て、こういうものを見せられている。だからヒントになったんじゃないの？　ところで、奈緒子という女の膣に残っていたB型の精液というのは、実はぼくのなんだ。

だってあの晩、お母さんはぼくにコンドームを着けさせたでしょう。あなたはピルで避妊しているってエリカは言ってた。どうしてあの晩だけコンドームにしたのか、最初から不思議だったけど、ぼくの精液を使って犯人が男性だと思わせたかったのさ」

「ひどい……、みんな想像じゃないの！　亜紀彦さん。あなたの想像力には感心するけど証拠なんて一つもないじゃない」

志津絵は開きなおった口調で反撃した。

「証拠かあ……。ないことはないよ。警察が見たら、とても喜ぶのがね」

亜紀彦は、棚の上から手帳を取りあげて、継母の目の前にかざした。

「あっ……！」

志津絵の顔が驚愕で歪んだ。信じられないものを見る顔。少年が見せつけたのは、赤い表紙の手帳だった。いつの間にか桐のタンスの奥から持ち出していたのだ。

「お母さんはずいぶんマメに、行動の記録をメモしているね。一番最後のページは、こう書いてあるよ。

『03AUG／11　12PM、M・SとFUC2。04AUG／3AM　FOUR・VALLEY↓KIL、MR・S・K、HOM、4AM。THE　END……』

暗号みたいだけど、コンピュータのプログラム言語をやってると、こんなのすぐ解読できるよ。

斜線の前は日付だね。03AUGというのは八月三日というのはすぐ分かる。ぼくがお母さんとセックスした晩だよ。じゃ、FUC2というのはファックを二回という意味だ。M・Sってどうやらぼくのことらしい。マイ・サン——私の息子っていう意味かな……。

で、問題は翌日の午前三時にフォー・バレーってところ。日本語だと四つの谷。四谷でしょう。矢印は行ったということだね。そうしてミスターS・K、すなわち黒島慎之介をキル。KILがKILLの略だってことはすぐ分かる。そして四時にHOM、ホーム——帰宅した。それでジ・エンド……」

志津絵の表情に、絶望の色が浮かんだ。

「つまり、この手帳は、MR・S・Kなる人物の殺害をするにいたるまでの記録ってことになる。今から七年前に準備が始まって、三日前に終わった殺人事件のね……」

「おみごとよ、その手帳があなたの手に入って、書いてあることをすっかり読まれたら、もう何も言えないわ。亜紀彦さん、あなたの言うとおり、パパを殺したのは私よ……」

ガックリとうなだれた志津絵だ。

「DETっていうのは、私立探偵、ディテクティブのことでしょう？　お母さんは、探偵を雇っていろんなことを調べさせてたんだ。パパを尾行させて、愛人が住んでいるところを発見させたりしたんだ」

「そのとおりよ」

「パパはその部屋の鍵を自分のキーホルダーにつけてたに違いない。伊豆の別荘でも、この離れでも、キーホルダーに近づいて合鍵を作るのは簡単なことだった。何せ一年以上、準備期間があったんだから……」

「簡単だったわ」

「そうして、ぼくを誘惑してセックスした。目的は二つ。自分のアリバイを作るため。それと、ぼくの精液を採取するため」

「ええ」

志津絵は観念したのか、表情は落ち着いてきた。

「だけど、どうして？　どうして最後は殺すことになる男に接近して、結婚して、たとえばこんな部屋で責められる奴隷みたいな役をつとめていたの？　それを聞かせてほしいな……。由紀彦兄さんが言ってたように、パパの財産が目当てだったの？」

「違うわ、亜紀彦さん……。財産なんて……」

志津絵はキッパリ否定した。

「言うわ。そもそもの初めからね……」

3

「これは全部、お母さん一人が考えて実行した復讐なのよ……」

ガーターベルトにストッキングというエロティックなスタイルのまま淫猥な刑具にくくりつけられた志津絵は、義理の息子に語りだした――。

七年前、志津絵は前夫を失なった。

「名前は星修治《ほししゆうじ》といったの」

亜紀彦は不思議な顔になった。

「あれ？　お母さんの姓は村越じゃなかったっけ？」

「それは結婚前の姓に戻ったからよ」

——彼は自分の経営していた貿易会社が巨額の負債をかかえて倒産した後、意欲を失なってアルコールびたりになった。その結果肝臓をいためた、最後はあっけなく死んでしまった。

「死ぬ前の日のことよ、あの人ももうダメだと思ったのでしょうね、私に『これを読んでおいてくれ』って何枚かの便箋に書いたものを渡してくれたの。それを読んで、私は愕然としたわ……」

——銀座の貸しビルの一室にオフィスを設けていた修治の会社は、最初はさほど経営不振というわけではなかったが、仕入れ資金がショートするのが悩みの種だった。銀行は、彼のような小規模な企業には、なかなか金を貸してくれないからだ。

当時、同じビルの中にサラリーマン向けの金融会社があった。三津田圭という、知らぬ者ないスター俳優が副業として経営している会社だといい、時々エレベーターで彼と一緒になることもあった。やがて親しく口をきくようになり、酒を酌み交わすようになった。

「もしよかったら、資金を融通しましょう」

最初は三津田のほうから借りてくれと言ってきた。

「こういった有名人のやっている金融会社なら、そうあくどいことはしまい」と、修治は有利な条件にもつられて短期資金を借りた。

三津田圭は正義感の強い青年教師役で全国的な人気を得た俳優だ。悪いことはしまい、と思いがちだ。

貸すだけ貸しておいて、最初のうちは催促もしなかった三津田は、修治の資金繰りが逼迫《ひっぱく》しているときに、突然返却を迫ってきた。

修治が困惑していると、「利子だけでも返したことにしてくれ」と、別の金融会社から一時的に借りて払えと強く要求された。仕方なく紹介された金融会社から金を借りた。そこの実質上の経営者は、やはりスター俳優の黒島慎之介だという。慎之介も最初は柔らかい口調で彼の苦境を慰め、緩やかな条件で金を貸してくれた。

だが、次第に三津田と同じことになった。返却の要求が厳しくなり、不可能となると、再び三津田から借りた金でこちらの利子を払え――と言ってきた。

気がついたときは三津田と慎之介、双方から借りた金は雪だるま式にふくれあがっていた。悪夢はそれからやってきた。

ある夜、修治を呼びだした二人は異常な提案をしてきた。修治の下で秘書として働いていた実の妹、星早苗の肉体を貸せ――という提案だ。

驚愕した修治に、二人の男はもの柔らかな口調で説明した。

「私たちは、二人とも、ヨーロッパ旅行のときに娼婦の館でＳＭプレイを体験して、それ以来、プロの女を見つけては二人で金を出して責める――という遊びをやってきた。しかし、それではどうもつまらない。素人娘で、叩きたくなる美しいヒップを持っている女を探している。ようやく、そんな女が見つかった。あなたの会社にいる妹さんだ……」

早苗に目をつけたのは、たまたま三津田の事務所に顔を出した慎之介だ。同じエレベーターに乗りあわせたとき、彼女の楚々《そそ》とした美しさと、対照的に男ごころをそそるヒップのみごとなふくらみに目をつけたのだ。

修治は抵抗した。早苗は女子大を卒業したばかりで、男性体験もない。それになんといっても、彼が子供の頃から可愛がってきた妹なのだ。

「いや、ＳＭというと誤解を受けるが、あくまでも精神的なものですよ。妹さんの処女は保証します。ただお尻を少しばかり叩かせてもらうだけです。そのかわり――といっては何だが、あなたに貸してある金の一部分を、妹さんへの報酬として差し引こうじゃありませんか」

最後の条件が、資金繰りに苦しむ修治の抵抗を打ち砕いた。彼は妹の早苗を呼んで事情を話した。あくまでも決断は彼女の意思しだいということだったが、早苗は兄の苦境を知っているだけに断れなかったに違いない。

「分かりました。私の処女を守ってくれるというのですから、紳士的なかたなのでしょう。お兄さんがお金のことでどれだけ苦しんでいるか、傍で見ていれば分かります。私でお役にたつのなら喜んで引き受けますわ……」

健気な妹の言葉に、兄は泣いた。

そうして、清楚な美人秘書は第一回のプレイに呼ばれた。場所は高級ホテルの一室で、二人の俳優は申しぶんなく紳士的だった。

「約束は守ります。裸になる必要もありません」

男たちはそう言ってくれた。ただ、西洋の娼婦が着けるような黒いブラ、パンティ、ガーターベルトにストッキングという衣装を着けさせられた。ある意味では、スケスケのセクシィなランジェリーを着けることは、オールヌードよりもかえって羞恥心を強めることでもあったが……。

パンティは横が紐になったバタフライ型で後ろの方はヒップの割れ目に紐が食い込んでいるだけのものだった。もちろん、尻を叩くために選んだデザインだ。

その夜は「まずリラックスしてほしい」とワインを呑ませられ、彼らが持ち込んだビデオ再生装置で、向こうのスパンキング・ポルノのビデオを何本か見せられた。どれもソフトなものでセックスシーンもない。

（これなら、私でもつとまるわ……）

うぶな早苗はそう思った。それに、男たちの膝の上にのせられて尻を叩かれる美女たちの光景は、まだ性的体験のない早苗を昂らせるものがあった。

やがて二人のスター俳優は、色っぽい下着姿の娘を膝の上にのせ、それぞれ十回ずつ尻を打ち叩いた。羞恥は強かったが痛みはさほどではなく、終わったときは何かものたりなささえ覚えたぐらいだ。

スパンキングが終わった後は、赤く色づいたヒップを振りながら、椅子にゆったり座って酒を啜る中年男たちの前を行ったり来たりさせられた。

それだけで、その夜は終わった。報告を受けた修治は安心した。これで棒引きされる借金は、総額からみれば僅かなものだったが、それでも修治には救いだった。

一週間後、早苗はまた呼ばれた。

今度見せられたビデオは前回より少し過激で、衣装ももっとセクシィなものだった。股間を最低限度覆う程度のGストリング――ストリッパーのつける極小サイズのバタフライだったのだ。それでも「下着を着けている」という安心感はあった。

今度は床に膝をついて、両手を首の後ろに回す姿勢をとらされた。最初は一人が素手で尻を叩き、もう一人が下着の上から乳房を揉んだ。処女の乳首は薄いブラジャーの下で硬くしこった。

十二回のスパンキングが終わったとき、早苗のGストリングはびっしょり濡れていた。まるでお洩らしをしたようだ。

男たちはもう一枚のGストリングを渡してはき替えさせた。

再び同じ姿勢で、叩き手を交代してスパンキングが行なわれた。見ているほうの男が乳房と秘部を柔らかくタッチした。早苗はまた、恥ずかしいまでに濡れた。

それが終わるとブラジャーを外して、Gストリングにストッキングという姿でディスコダンスを踊るように命じられた。見事なヒップを赤く腫らした可愛い娘が、乳房をゆらし淫らに腰をくねらせて踊るエロティックな姿を、男たちは満足して眺めた――。

またも約束が守られたことに修治も満足した。棒引きされる額もいくぶん増えた。

初めて性的なことを持ちかけられたのは三回目のことだ。

場所はラブホテルのSM専用室で、異様な雰囲気だった。

見せられたビデオは、女たちがスパンキングの後でさまざまな性的辱めを受けるもので、不思議なことに早苗は目をそむけながらも下着を濡らしていた。

今度着けさせられたのはふつうのスキャンティのようだった。はいてからそれが、いわゆる股割れパンティだということに気がついた。足を拡げると、秘部が露出してしまうし、タッチしようと思えばいくらでもタッチできる。

彼女は立たせられ、両手を縄でくくられ天井から吊られる姿勢をとらされた。縛られたのは初めてである。

そうやって自由を奪っておいて、一人が背後から房鞭で打った。素手で叩くより痛みは強かったが我慢できないほどではない。当惑したのは、もう一人が乳房と性器を愛撫し、鏡を持ってきて股割れパンティの底を開いて、彼女がどんなに濡れているかを見せつけたことだ。

鞭打ちがやんでも彼女は解放されなかった。男の一人が巧みな指づかいで早苗の敏感な肉核を愛撫し、数分もしないうちに彼女は短い泣き声をあげてオルガスムスを味わった。

休憩の間、彼女はベッドに打ち伏せて恥ずかしさに啜り泣いた。しかし、命令されると素直に応じて、また天井から吊るされた。

今度も同じことが繰り返され、再び処女秘書は甘い呻き声を洩らし、やがて啜り泣きながらぶるぶると全身をふるわせた。二度目のオルガスムスは最初のよりも数倍、快感があった。

彼女が我に返ると男たちはブリーフ一枚の下着姿になっていた。

「犯しはしない。だが私たちも男だ。昂奮をきみの指で鎮めてくれ」

ぼうっとした頭で、言われるままに怒張した肉茎を触らせられ、握らされた。ぎこちなく指を使っているうち、男は発射した。白く濁った粘液が彼女の乳房まで飛んで汚した。

次の男はもう少し時間がかかった。射出された液は彼女の頬にまで飛び散った。

帰宅してから早苗は兄に電話をした。

「約束は守ってくれました」

兄は満足した。

男たちはこうやって、狡猾《こうかつ》にも時間をかけて早苗をマゾ奴隷に仕立てていった。

四回目はある邸の地下室だった。その邸のガレージに車を乗り入れると、秘密の扉があり、地下道を入ってゆくと牢獄のような陰惨な雰囲気の地下の広間に出るのだ。

さまざまな道具がそろっていたが、彼女は天井から垂れたロープに両足首を吊られ、Yの字にぶら下げられた。パンティははぎとられ、秘部はむきだしになった。房鞭、乗馬用の鞭が用いられ、肌からは血が滲んだ。それでも余り苦痛を感じないのが不思議だった。

鞭打ちが終わった後、男たちは彼女の秘部に口づけして、舌で粘膜をねぶった。早苗は生まれて初めてのオーラル刺激で、吊るされたまま絶頂した。

四本柱のあるベッドに大の字にくくりつけられ、今度は乳房や腹、腿を鞭打たれた。彼女がたまらず失禁すると、湯気のたちのぼる秘部に男たちは口づけして、また彼女を快楽の頂上へと追い上げた。

解放されると、男たちは怒張した男根にコンドームを被せ、早苗に口唇奉仕を要求した。ビデオでその行為を見せられていた早苗は服従した。二人の男はそれぞれ満足した。

それだけ淫猥なことをされても、早苗は確かに処女だったが、ある意味では娼婦も驚くほど淫猥な娘になっていた。

五回目。全裸にして過激な鞭打ちプレイの後、男たちはコンドームなしで彼女の口を辱めた。

六回目。男たちは彼らの前でオナニーすることを早苗に命じた。早苗が断ると血の出るまで尻を鞭打たれ、彼女は血まみれのヒップを打ちゆすりながら自瀆《じとく》ショーを繰り広げたのだ。

その後、奇妙な形の木馬に縛りつけられ、さまざまな器具が肛門に突きたてられた。最後にコンドームを装着したペニスで連続して直腸を辱められた。

七回目。男たちはよつん這いにした早苗の前から口を、後ろから肛門を凌辱した。放出が終わると、男たちは位置を交換した。肛門を責める男は、指で肉核を刺激し、何度も彼女を絶頂させた。

ぐったりと伸びた裸女の姿を彼らはビデオに撮影した。

ようやく修治は、何が行なわれつつあるか気がついた。早苗がすでに処女を奪われたのではないかという嫉妬から、ある日、彼女のアパートで妹を裸にして、秘部を指で拡げて処女膜を確認することさえ行なった。妹は泣いて「お兄さんのほうが、あの人たちより獣よ……」と言った。修治はかわいい妹が、いつの間にか二人の中年男に洗脳され、マゾ奴隷になりかけていることを知った。

苦悩した修治は、三津田と慎之介に、妹を提供する契約を破棄してくれと頼みこんだ。

「よろしい。じゃ、最後に一度だけプレイを許してもらいたい」

さんざん清純な娘の心と肉体を弄んだ中年男たちは、狡猾な提案をしてきた。

「一度、私たちの調教するところを傍で見てほしい。見るだけでいいのだ。私たちはそういうシチュエーションに昂奮するのだ」

修治は「これが最後だ」と自分に言いきかせた。了承すると、借金総額の半分を棒引きしてくれる——という条件に負けたのだ。

最愛の妹が二人の紳士に嬲られる、その現場に立ち合うと考えただけで不思議な昂奮にとらわれたのも事実だが……。

最後の調教も、同じ邸の地下室で行なわれた。

迎えの車に乗せられて、兄妹は無言のまま邸に向かった。清楚に装っていた早苗は、数週間のうちに超ミニ、前あきの広いブラウス、スケスケのパンティを着けて出勤する、淫らな娘になっていた。その夜も挑発的な衣装で、車の中でしきりに脚を組み替えた。兄はむっちりした腿の白さから視線を引き離すのに苦労した。

地下室に入ると、修治は男たち二人に押さえつけられ、椅子に縛りつけられた。

「約束が違う」

修治は怒鳴った。

「違わない。君にはただ見ていてほしい。邪魔にならないようにしてもらうだけだ」

そう言って、サディストの男二人は、早苗に服を脱ぎ、ガーターベルトにストッキングだけという姿で、兄に秘部をさらしてみせるように言った。妖しい笑みを湛えながら、早苗は修治の前に両足を拡げて立ち、指で濡れた花びらをひらき、「私、確かに処女よ、お兄さん……」と言った。

その時初めて、修治は理解した。妹は一種の薬物を呑ませられ、その作用で淫乱になっているのだと——。

地獄絵が始まった。ベッドや木馬に縛りつけられ、天井に吊るされた女体に鞭が唸った。美しい妹は、彼女のはいていたパンティを口に押しこめられて苦悶する兄の眼前で、「放尿しろ」という命令にも嬉々としてしたがった。

また鞭打ちが行なわれ、若い娘は浣腸や肛門拡張訓練をほどこされ、さらにかわるがわる直腸を凌辱された。

そして、悪夢の中の悪夢の時がきた。

強烈な鞭打ちの中で恍惚状態に陥った早苗は、「最後に何をしたい？」と問われて、戸惑うことなく「お兄さんとセックスしたい」と答えたのだ。明らかに薬物で催眠状態にしてから答えさせている。

「やめろ、獣たち……」

必死になって叫ぶ修治の声は猿ぐつわに遮られた。

「やめろ。早苗。目を覚ませ……！」

全裸の妹は淫靡な笑みを浮かべたまま、全裸にされてベッドに大の字に縛りつけられている兄の上に跨がった。濡れた秘部を兄の顔になすりつけ、否応なく屹立したものを口に含む。たちまち修治は射精した。

「まだよ、お兄さん……」

早苗は彼の肉根をしゃぶり続け、再び勃起したそれにうち跨がってきた。

「うっ、あ……！」

短い叫び声が早苗の口から洩れ、秘唇から鮮血がほとばしった。妹の粘膜に修治は緊く咥えこまれた。体の上で乳房を躍らせながら悶え狂う妹の姿に兄は昂り、ドッとばかりに激情を放射した。

「妹さんは、自発的にあんたと交わって処女喪失したんだぜ。ここまではわれわれもちゃんと約束を守ったんだ」

二人の中年スター俳優は淫らな獣と化して、秘唇から破瓜《はか》の血を流している早苗に躍りかかった。腐肉にたかる飢えた獣のように彼らはかわるがわる、彼女の口を肛門を秘唇を犯しまくった。凌辱の限りを尽くされながら、早苗は何度も凄まじいオルガスムスの爆発を味わっていた。

その輪姦の渦の中に、やがて修治も巻き込まれていった——。

明け方、疲れきって死んだようになった兄妹は、車で送り返された。

それから早苗は出社しなくなった。数日後、様子を見にアパートを訪れた修治は、首を吊って自殺している最愛の妹を発見した——。

「あの人は、三津田や黒島慎之介をなじったけれど、彼らはへいちゃらな顔をしていたわ。『告訴するならしてみろ』と開き直ったのよ。証拠も何もないし、借金の山を抱えているのは兄のほうだったのだから。……それから夫は経営を投げだし、倒産するがまま、債権者が何もかも毟りとってゆくがままにしたの。そう、最愛の妹をあんなことで失なった自責の念から、生ける屍《しかばね》になったのよ。

もちろん、倒産したときに一番最初にやってきて目ぼしいものを持っていったのは三津田に黒島よ。呆れたことに、あの人が死んで保険金が降りたときも、彼らの手下がやってきて、私たち母娘にとってなけなしのお金を奪っていったわ……。だから、あの人が最後に書き遺した告白を読んで、私は決意したの。夫と義妹の復讐をしてやる──って……」

ここまで語った志津絵の顔からは、涙がとめどもなく溢れていた。

（そうか……。お母さんの机にあった写真に写っていた、あのきれいな女の人は、うちのパパたちにひどい目にあわされて、それで自殺したんだ……）

亜紀彦は、ようやく継母のすさまじい復讐劇の発端を理解した。

（それにしても、テレビではあんな物わかりのよい、信頼できる父親役をやっていたパパが、そんな悪党、淫獣だったとは……！）

愛してはいなかったが、やはり血のつながった父親である。その正体を志津絵に教えられ、亜紀彦は呆然自失している。だが不思議なことに彼の男根は、修治と早苗の話を聞いている間、ビンビンと勃起しっぱなしだった──。

志津絵は話し続けた。

「だけど、最初のうちは幼いエリカを育てるのがやっとで、どうやったら復讐できるか、まったく見当もつかなかった。でも、神様っているのよ。ある夜、私の勤めていた銀座のお店に、偶然、三津田圭と黒島慎之介がそろって顔を出したの……」

二人は星修治と早苗のことは知っていたが、修治の妻と娘のことは何も知らなかった。志津絵は夫と死別してから旧姓に戻っていたから、なおさらだ。第一、彼らは修治たち兄妹に行なったことと同じようなことを何度も行なっていたから、誰がどうだったか、くわしく覚えてもいない。

「あの二人は、サラ金を経営して餌食となる人間を探していたのね。そのころは、実の母と息子、兄と妹、父と娘などを窮地に追い込んで、自分たちの目の前でセックスさせては楽しんでいた時期なのよ……」

その後、サラリーマン金融のあくどいやり口が非難される時勢になった。あわてて二人は副業をやめ、そしらぬ顔で別の事業をやりだした。

何も知らずに志津絵のいる店にやってきた三津田と慎之介は、志津絵が巧みにヒップを強調する仕草や、お尻叩きのお仕置きのことなどを語ると、たちまちこの美女に興味を抱きだし、熱心に通ってくるようになった。あたかも食虫花の蜜に誘われる虫のように……。

「お母さんは、復讐のチャンスを見つけるために、パパの情婦になったんだ……」

「そういうこと。とにかくそのチャンスを逃したら、もう二度とないかもしれない。必死だったわ。だから三津田からホテルに誘われたときもＯＫしたの……」

不思議な心理だった。仇敵《きゅうてき》と憎む相手にまつわりつくために、その相手に肉体を任せるとは……。

結局、志津絵はサディズムの毒に中毒した二人の中年男の玩具になることを、自ら志願したのである。

「ところが、彼らにかわるがわる辱められ、変態趣味の相手をつとめているうち、私の体の中で眠っていたマゾヒズムの血が目ざめたみたいなの。ちょうど早苗さんに起きたのと同じことが、私の体の中に起きたのね。最初は向こうに投げつけた餌だったのに……」

志津絵は自嘲してみせた。

皮肉なことに、復讐の本命として狙っていた黒島慎之介のほうが、志津絵の成熟した女の魅力と、見事なヒップに強く惹かれた。やがて三津田が身をひき、慎之介は公然と彼女を愛人にしてしまった——。

「じゃ、結婚も狙っていたわけ？　その時から？」

志津絵は平然と答えた。

「そうよ。手帳にも書いておいたけど、私はその頃から私立探偵を使って、三津田や慎之介の秘密を探らせていたの。やがて三津田の秘密が摑めたわ。

彼は俳優として人気が出かけた頃、地方ロケのときに地元の女子高生を誘って乱交をやらかしたことがあるの。そのうちの一人は、後で妊娠してしまい、崖から身を投げて自殺したのよ。当時は映画会社が力が強かったから、お金をばらまいて口を閉ざすのに成功したけど、警察の書類を探偵社の調査員がコピーすることに成功したの。それから関係者の何人かから話を聞くことに成功したのよ。

驚いたわ。青年教師役をやらせて人気が出た当の男が、実はセーラー服を着た少女を犯すのが一番の趣味だったのだから……。それはずっと続いていて、渋谷のある暴力団が経営しているホテトルから優先的に女子高生を回してもらい、サディスティックな欲望を満足させていたことも、探偵社がつきとめてくれたわ……」

ホテルの一室でセーラー服の少女を強姦している現場写真の盗み撮りに成功した。志津絵はその情報をコピーして匿名で送りつけた。

姿なき脅迫者から、目的の分からない脅迫を受け、三津田はノイローゼになった。そして、スキャンダルを暴露される前に、自分で命を絶つ道を選んだ――。

(そうだったのか。パパの親友の三津田さんを自殺に追いやったのも、お母さんだったのか……)

一方、慎之介のほうは志津絵と会ってからめっきり行動が控えめになった。渋くて頼りになる中年の父親像――というイメージに転換をはかっていたから、注意深くなったのだ。

「せいぜい、家にきてエリカのお仕置きに参加するぐらいだから、スキャンダルにならないのよね。だから、彼のイメージ転換を利用したの。私のほうから写真週刊誌に電話したのよ。いかにも事情を知っている人間——というふりをしてね。それで深夜、SMホテルに出入りする私たちの姿がバッチリ盗み撮りされてしまったわけ……」

（やはり、由紀彦兄さんの読みはあたっていたんだ……！）

ただ、その動機までは分からなかったが……。

「それから後は、亜紀彦さんもだいたい知ってるんじゃないの？　ふつうのホテルならともかく、SMホテルじゃイメージはガタガタになるわ。スポンサーや広告代理店や放送局が大騒ぎして、スキャンダルになるのを止めるために大金を積み、さらに私たちを結婚させてしまった……。慎之介にとっては不本意なことだったでしょう。私なんか使い捨てのマゾ愛人のつもりだったから……。私は私で作戦を練った。精いっぱい彼のサド趣味に迎合しながら、どうやったら彼を苦しませてやることが出来るか……。そもそも早苗さんに目をつけて計画をたてたのが慎之介だったから、できるだけ苦しませて殺してやりたかった……」

「そこに、由紀彦兄さんが帰ってきた……」

「そうよ。あの時私は、彼を殺せば慎之介は長く苦しむと思い、殺す計画をたてていたところなの。ただ、あの子も私のことを疑っていて、こっそり寝室に忍びこみ、私がスケジュールや計画をメモしていた赤い手帳を持ちだしてしまったの。もともとたいした暗号でもなかったから、読み解くのは簡単よ。

三津田の自殺を報じた部分から調べて、私が、父親から金を借りて自殺した男の妻だったことをつきとめたわけ。彼としては躍りあがって喜びたい気持ちだったでしょうね。そこで決定的なミスをしたの」

「お母さんに、手帳のことをほのめかしてしまったんだね」

「そうよ、聞いていたのね……。じゃ、最初から私を疑っていた？」

志津絵はじっと義理の息子を見つめた。

「うん。死ぬ直前、ぼくに赤い手帳を見せてくれたのに、死んだ後に消えちゃったし、お母さんがあまりにも早く階段のところにいたでしょう……。タイミングもパパが帰ってくる直前で」

前々から計画していたので、由紀彦殺しは簡単だった。

「彼がマリファナと一緒に酒を呑んでほとんど酔い潰れているところに入ってゆき、車椅子に乗せて廊下に連れだしたわけ」

直前に亜紀彦を二度も犯した疲れもあって由紀彦は朦朧《もうろう》としていた。首に縄を結びつけられるのも気がつかなかった。

あとは、勢いをつけて車椅子ごと階段の下に投げとばしてやればよかった。

「だけど、それでうまく死ぬかどうか自信がなかったわ。すぐにあの子の様子を見たら、虫の息だけど死んでいなかった。そこで膝に彼の頭を置いて力いっぱい頸の骨を折ってやったの。それから介抱するためと見せかけて首の縄をほどいた。彼の結びかたと違っていたら怪しまれるかもしれないから……」

由紀彦の死は自殺と断定された。志津絵の狙いどおり、慎之介は激しいショックを受けて、生きる意欲を喪失した。

「夫の苦しみの百分の一ぐらいは味わったのじゃないかしら。でも、それだけでは満足できなかった……」

そのうち、角奈緒子という女と愛人関係になったという情報が探偵社からもたらされた。調べてみると、失意の慎之介はこの女にそうとう惚れこんでしまったらしい。

「そこで、愛する者を他者に犯される苦しみを思い知らせながら、殺すことにしたの。腹を刺したのは即死させないためよ。

警察は発表しなかったけど、彼の腹を刺してから、あらためて彼を縛っておいたの。その前で張り形をつけてあの女を犯したのよ。膣が裂けるまでね……。あいつは私たちを見ながら血をドクドク流し、苦しみ悶えていた。私の人生で最高の一瞬だったわね……」

4

志津絵の告白は終わり、慎之介の作った地下牢獄に静寂が落ちた。

やがて、木馬に縛りつけられたままの継母は、落ちついた声で亜紀彦に告げた。

「すべては終わったわ。もう私にはすることはないのよ。財産なんて最初から目的じゃなかったし……。だから亜紀彦さん、好きにしていいわ。警察を呼ぶなり、それともここで、私を死ぬまで鞭打つなり……。殺すための道具にはことかかないでしょう？　私はあなたのパパとお兄さんを殺した、不倶戴天《ふぐたいてん》の仇敵なんだから……。でも一つだけお願い。エリカだけは面倒を見てあげてね……」

その声に励まされたかのように、亜紀彦は猛獣調教用の一本鞭をとりあげた。本気で鞭打たれたら、頑強な男も十打で心臓が停止すると言われる残酷な鞭である。

「…………」

志津絵は観念したように目を閉じた。

「殺しやしないよ。こんな美しい、すてきなお母さんを殺しちゃもったいない……」

亜紀彦の声は、自信を帯びていた。奴隷を所有する主人のように。

「あ、あうっ……！」

鞭の、手首ほどもあろうかという太い編革の柄が、ぐいとばかり年増美女の菊孔に押しこめられた。

「む、ううう……！」

唇を嚙み締める志津絵。白い背がぴいんとそりかえる。やがて子宮からどうっと透明な熱い液が溢れた。

「お母さん、誓うんだ」

「何を……？　亜紀彦さん？」

「一生、ぼくの奴隷になるって。ぼくの欲望に奉仕するマゾ奴隷になるって……」

「ち、誓うわ。あ、あっ……。はい、誓います、亜紀彦さまあ、ああっ、むー……ン」

前門からは蜜液が湯気をたて、後門からは鮮血が迸るように少年の手を汚す。

「それから、エリカだ。エリカはぼくがもらう。ぼくが一生可愛がる」

「もちろんけっこうですわ。ああ、あっ……。亜紀彦さまのお好きなようにエリカを弄んでやって下さい。あっ、う、うーん……！」

すさまじい肛門虐待を受け、裸女はすさまじい悲鳴を地下牢の壁に反響させ、じゃあっと尿をしぶかせて失神した。

「お母さん、まだ早いよ。責めはこれからなのに……」

亜紀彦はいい、水を浴びせて正気にたち返らせてから、怒張しきった牡の器官で継母の柔肉を抉りにかかった。

また悲鳴と絶叫。


秋の気配が深まった一日。

黒島邸から黒と銀のツートンカラー塗装を施した豪奢なベンツ５００ＳＥが、滑るように走り出ていった。

数時間後、奥伊豆にある秘湯として知られる古びた温泉の、一番上等の部屋に三人は入った。

「ここが、亡くなったパパとママが新婚旅行に来たところなの？」

「そうよ。部屋まで同じ」

「ロマンチック！　あ、露天風呂がある。私、入りたい！」

白いサマードレス姿のエリカが無邪気に言うと、

「よせよ。エリカのヌードを見たら、温泉のお客はみんな鼻血を出して、お湯がみんな血の湯になってしまう」

「やーねっ。……じゃ、夜になったらこっそり入りにゆこう。だって、露天風呂って一度は入ってみたいんだもん」

「ちょっと、エリカ」

志津絵がたしなめるような声をかけた。

「なあに、お母さん……？」

美少女は屈託のない笑顔を母親に向ける。志津絵の表情はこの数日、すぐれない。頬の肉がいくぶん削げたようで、それがかえってドキッとするような凄艶さを生みだしているのだが……。

いつの間にか亜紀彦の姿が消えている。

「お話があるの、あなたに……」


──夜、名物料理の膳を食べつくした後、亜紀彦はひと風呂浴びて部屋に戻った。艶めかしい布団がひと組み、枕を並べて敷かれている。志津絵が頼んだのだろう。

彼女は二人とは少し離れた部屋に、自分だけの部屋をとっている。

「エリカ……」

可憐な十三歳の義妹が、白い、いかにも新婚の花嫁にふさわしそうな清純なネグリジェを纏って正座していた。

「亜紀彦兄さん。エリカ、今夜からお兄さんのものになります。ふつつか者ですけど、どうぞよろしくお願いします……」

亜紀彦はおかしそうな顔をした。

「それ、お母さんに教わったのかい？」

「うん。最初に結婚したとき、そう言ったんだって」

志津絵は先刻、実の娘に、亜紀彦と自分との誓約を伝えたのだ。エリカが彼のものになるということも。美少女は無邪気に、

「ママが亜紀彦兄さんの奴隷になるの？　すてき……。じゃ、私もなるわ」

うっとりした顔で言ったものだ——。

「だけど、エリカとぼくは、義理のきょうだいだから、血がつながっていなくても結婚はできないんだよ」

「いいわ。結婚なんて、どうせ形式だけのことだもの」

エリカは社会の倫理、道徳、常識みたいなものと無縁な、奔放にして大胆な娘だ。彼女が素直に従うのは自分の欲望と快楽だけだ——。

「よし、こっちへ来て」

「うれしい」

熱い肌の、甘酸っぱい匂いのする体が亜紀彦の腕の中に飛びこんできた。

まっ白いシーツに寝かせ、情熱的なキスを交わす。

亜紀彦の手は、どうしても桃のようにまるい義妹のヒップに伸びる。

「お兄さん、叩く？」

「うん」

「じゃ……」

十三歳の美少女はネグリジェの裾を捲りあげ、白いレースが可憐なパンティを脱ぎおろす。

健康そうな皮膚がはりつめたヒップがまる出しになる。

「これ、お兄さんのものよ。いつまでも叩いて可愛がって……」

うわずった声で言い、少女とは思えぬ淫猥さでヒップをゆすり立てるエリカ。

「よし」

血を滾らせた亜紀彦は手をふりあげた。

スパンキングに呻く少女の声がやがて甘やかな喘ぎに変わり——、

「エリカ、ぼくのものになれ」

全裸にした義妹を仰向けに押したおして、亜紀彦は叫んだ。

「なる」

エリカは義兄の首にしがみつき、

「う」

啼くような声をあげた。ふかぶかと貫かれて鮮血が白いシーツを染めた。


しばらくして――。

亜紀彦はしばしのまどろみから目を覚ました。傍らには全裸のエリカが丸くなって、小猫のように眠っている。兄として恋人として慕ってきた亜紀彦に処女を与え、その後、念入りな愛撫のあとにもう一度貫かれ、悦びの声をあげて乱れ狂ったのだ。

亜紀彦はそうっと床を抜け出た。継母を抱きたくなったからだ。

志津絵の布団は空っぽだった。

(湯を浴びに行ったのかしら……?)

彼もエリカと汗まみれの時をすごした。ひと風呂浴びたかった。

(さて、どの湯に入っているのか……)

露天風呂も屋内の風呂も幾つもある。廊下を歩いていると、ふと『洞窟温泉』という表示が目にとまった。直感が働いた。

（ここかな……）

崖を抉った洞穴の奥から薄白く青みがかった湯が滾《こん》々と湧き流れてくる。入り口の脱衣籠には浴衣が一枚入っていて、その上にセクシィな黒いパンティが丸めておかれていた。手にとってみなくても志津絵のだと分かる。

（やっぱりここだ……）

亜紀彦は裸になり、洞窟の奥へと入っていった。

最初は狭い洞穴が奥へザブザブと踏みこんでゆくにつれ、だんだん広くなってゆく。腹のあたりまでつかる湯は、やや熱めで、肌にまつわりつくような粘性が感じられた。

湯気がもうもうとたちこめ、やがて視界が定かではなくなった。間隔をおいて吊り下げられている裸電球のおぼろな光りを頼りに、無限に続くのではないかと思われる、湯で満たされた洞窟を進んでいった。洞窟の壁はまるで異次元の世界に通じる通路のようだ。

（どこかで見た光景だ……）

亜紀彦は、たまらなく懐かしく感傷的な気持ちになった。

（早く、お母さんに会いたい……）

今こそ、志津絵こそが本当の母親なのだという気がした。この湯に包まれた空間で、彼は志津絵の子宮から生み出された存在なのだ。

ふいに広い空間に出た。天井に吊るされた蛍光灯の仄《ほの》かな明かりが降ってくる下に、肩まで湯につかった豊満な裸女がいた。

(ああ、会えた……)

歓喜が亜紀彦の体の中で爆発した。彼は湯を蹴るようにして裸女へ向かっていった。

彼の接近を知ったのだろうか、女がすっくと立ちあがった。脂ののった肌を玉になった湯滴が転がり落ちる。堂々と張りだした双臂は、女の豊饒さに満ちて彼を誘う。

「おかあさん……!」

亜紀彦は叫んだ。

志津絵が微笑を浮かべながら振りかえった。

豊満な乳房、腹、濡れてきらめく恥叢、そしてどっしりと逞しい太腿。上気した肌がピンク色に輝き、薄あかりの中なのに眩しいぐらいだ。

「おかあさん……!」

亜紀彦は叫び、両腕を拡げ、豊かな胸へと飛びついていった――。

この作品は一九八七年四月フランス書院文庫に所収された『継母・背徳の部屋』を改題したものです。

幻冬舎アウトロー文庫

黒百合の雫

大石 圭

摩耶と百合香、女どうしの同棲は甘美な日々。優しく執拗な愛撫で失神するほどの快楽を与え合う。だが二人の関係が終わりを迎えた夜、女は女を殺すことにした——。頽廃的官能レズビアン小説。

職務質問
新宿歌舞伎町に蠢く人々

高橋和義

ヤクザ、シャブ中をはじめ犯罪者が集まる新宿歌舞伎町。この街の交番には「職務質問のプロ」と呼ばれる地域警察官がいた。日本一の歓楽街で体験した事件を元警官がつづったノンフィクション。

伯父様の書斎

館 淳一

亜梨紗は女子高生の時に、伯父の書斎で週三回の個人授業を受けていた。椅子に括られ、全裸でレッスン。清純な少女が、まさかこんな責めに悦ぶとは……。この秘密は、ある人物に覗かれていた！

蜜のまなざし

水無月詩歌

憧れの緋沙子先輩が婚約した相手は、狡猾な英哉。ショックで籠っていた資料室に突然二人が入って来る。隠れた俊樹の前で始まる痴態。陰部を滴らせた緋沙子に、俊樹の目は吸い寄せられて……。

からまる帯

吉沢 華

上司・江崎に溺れて不倫関係になった衣里歌。一方で江崎の妻・泉美は衣里歌の彼氏・大野の若い肉体を味わっていた。４人が対峙した時、嫉妬と欲情の渦巻く妖しい宴が幕を開ける——。

幻冬舎文庫

●幻冬舎アウトロー文庫

両手に花を

若月　凜

冴えない中年会社員の弘樹は、清楚な女子高生春花と、その親友でボーイッシュなしのぶの処女を立て続けに奪う。快感を覚えた少女たちは競うように身体を開き、ついに弘樹の目の前で……。

●最新刊

渇水都市

江上　剛

グローバル企業が水資源を牛耳る北東京市。深刻な水不足の中、蔓延した謎の病気の原因究明のため、調査に乗り出した海原を待っていたものとは。衝撃のエンターテインメント。

●最新刊

マイ・ハウス

小倉銀時

一戸建ての購入を夢見る女と競売物件に居座り続ける女の壮絶な戦い。「家」を巡って対決する彼女たちの執念はやがて狂気に変容し、思いもよらない悲劇が起きる――。戦慄の傑作長編。

●最新刊

いのちのラブレター

川渕圭一

内科医として働く拓也の前に9年前に姿を消した恋人が患者として現れる。治療にあたる拓也だったが、彼女は不治の病に冒されていた。ベストセラー『研修医純情物語』の著者が描く感涙の物語。

●最新刊

ジミーと呼ばれた天皇陛下

工藤美代子

「あなたの名前はジミーです」。戦勝国アメリカからやってきた家庭教師ヴァイニング夫人が、十代の明仁親王に与えた影響とは。夫人の遺品を手がかりに、今上天皇の素顔に迫るノンフィクション。

幻冬舎文庫

●最新刊
自分へのごほうび
住吉美紀

疲労の色が濃い朝に効くスイーツ。心が傷んだときに繰り返し開く本。イヤなことを一瞬で忘れさせてくれる金木犀の香り。……日常に溢れるホクホクの小さな幸せがパンパンに詰まったエッセイ。

●最新刊
SE神谷翔のサイバー事件簿
七瀬　晶

草食系で、頼りがいゼロの新人SE神谷翔。だが実は警視庁のサイバー犯罪捜査を陰で手伝う元ハッカー。知識だけは随一の翔が、正義感の強い先輩・理沙に引きずられ、身近な事件に弱腰で挑む！

●最新刊
巨悪　仮面警官Ⅵ
弐藤水流

刑事になった南條達也は、殺されたはずの恋人・真理子が実は生きていたことを知る。だが九年ぶりの再会を目前に、何者かに真理子は連れ去られてしまった……。大人気警察小説最終巻！

●最新刊
青狼《せいろう》　男の詩
浜田文人

幼少から慕う神俠会の美山を頼りに、同会の松原が率いる組に入った村上。栄達を目指すが、松原と美山が対立し、微妙な立場に……。極道の世界でまっすぐに生きる男を鮮烈に描いた傑作長編。

●最新刊
天帝のつかわせる御矢
古野まほろ

高校三年生の古野まほろは、満州から日本へ帰るため、超豪華寝台列車に乗り込む。車内で彼を待ち受けていたのは、連続密室殺人劇だった。青春×SF×幻想が盛り込まれた、ミステリ小説。

GENTOSHA OUTLAW BUNKO

継母《はは》の純情《じゅんじょう》

館淳一《たてじゅんいち》

平成24年6月15日　初版発行

発行人――石原正康
編集人――永島賞二
発行所――株式会社幻冬舎
〒151-0051東京都渋谷区千駄ヶ谷4-9-7
電話　03(5411)6222(営業)
　　　03(5411)6211(編集)
　　振替00120-8-767643
印刷・製本―図書印刷株式会社
装丁者――高橋雅之

万一、落丁乱丁のある場合は送料小社負担で
お取替致します。小社宛にお送り下さい。
定価はカバーに表示してあります。

幻冬舎アウトロー文庫

ISBN978-4-344-41881-3　C0193　　O-44-17